RYU NOVELS

天正大戦乱　異信長戦記

新たなる天下布武

中岡潤一郎

【目次】

天正4年(1576年)勢力図

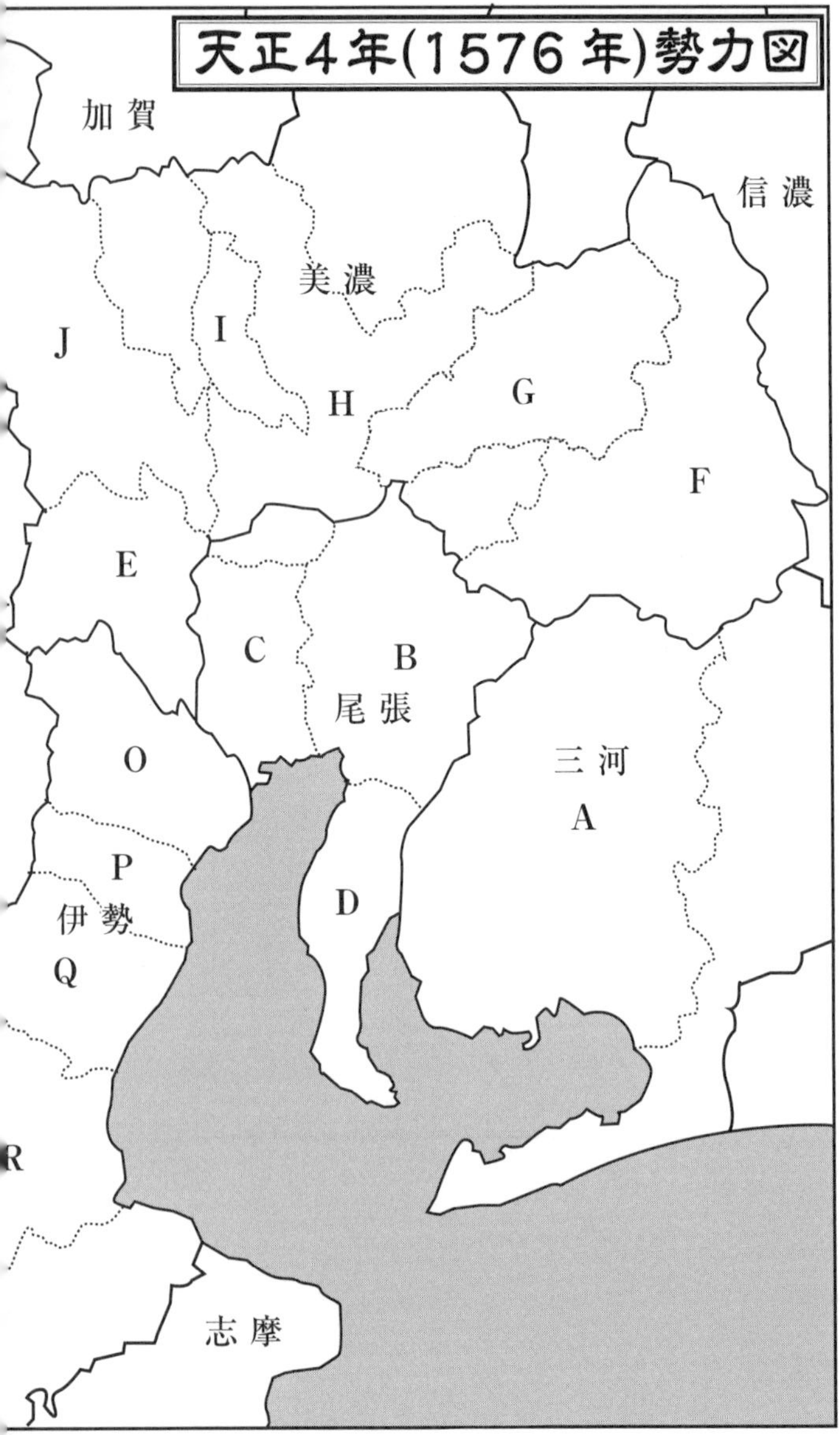

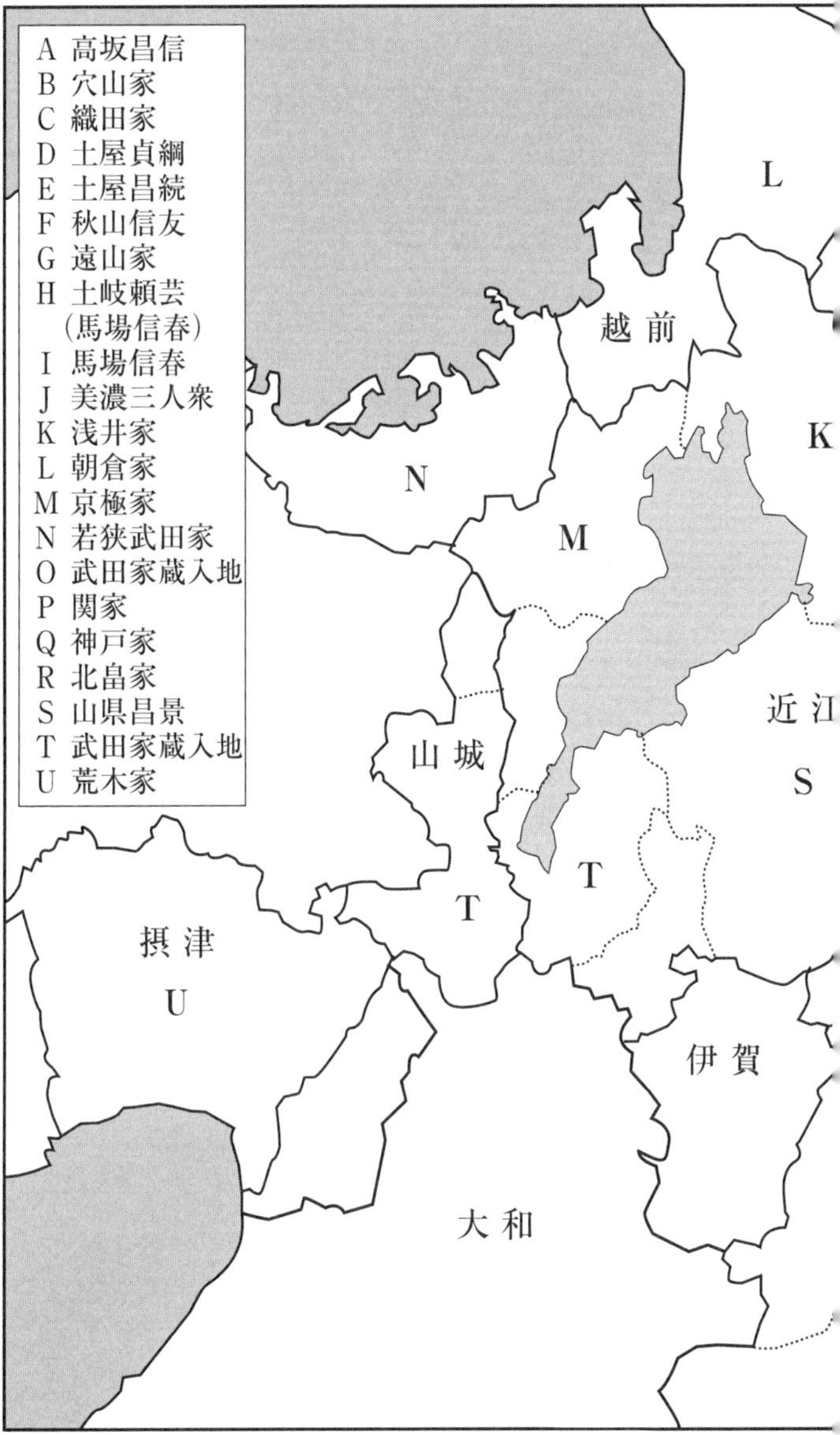
A 高坂昌信
B 穴山家
C 織田家
D 土屋貞綱
E 土屋昌続
F 秋山信友
G 遠山家
H 土岐頼芸
(馬場信春)
I 馬場信春
J 美濃三人衆
K 浅井家
L 朝倉家
M 京極家
N 若狭武田家
O 武田家蔵入地
P 関家
Q 神戸家
R 北畠家
S 山県昌景
T 武田家蔵入地
U 荒木家
L
越前
K
N
M
近江
S
山城
T
T
摂津
U
伊賀
大和

プロローグ　回天の時

元亀四年（一五七三年）五月三日
尾張国熱田神宮

武田徳栄軒信玄《たけだとくえいけんしんげん》はゆっくり床机《しょうぎ》から立ちあがると、陣羽織《じんばおり》の乱れを直した。

自然とその視線は天に向く。

空は稜線の彼方まで青く、雲は一つとしてない。

おかげで、初夏の日射しがなにものにも遮《さえぎ》られることなく、大地に降りそそぐ。

風が吹いてくれれば少しはよくなるのであろうが、こちらの意向を無視しているかのようにぴたりと止まって動かない。

ほどほどにしてほしいと思いながら、信玄は参道に足を向ける。

大きな鳥居を見あげたその時、低い声が響いてきた。

「お待ちくだされ、兄上。ここは無理してはなりませぬ」

一瞬、迷ってから信玄は足を止めた。

鬱陶《うっとう》しいこと、このうえない。話の内容はおおむね見通すことができるが、それはお世辞にも好ましいことではない。

それでも信玄が待っていると、低い声は少し間を置いてから先をつづけた。

「ここが敵地であることを忘れてはなりませぬ。向こうは地の利に長《た》けており、何をしようと好き放題。気づかれぬように伏兵をそろえるのも容易。兄上に万が一のことがございましたら、これまでの苦労は水の泡。それればかりか、武田家の存亡にかかわります」

「…………」

「ここは行かずとも、よろしいかと。敵の言に従う必要などございませぬ」

「さかしいぞ、刑部《ぎょうぶ》」

信玄は参道を見つめたまま応じた。

「この熱田神宮のまわりには、我が武田の手勢しかおらぬ。それも最も信が置ける甲斐衆だ。敵の影がないことは確かめており、なんら気にかけるところはない。つまらぬことを申すな」

「ですが、兄上……」

「我らの兵はわずか一〇〇騎。仕掛ける気があれば、とっくにやっておる。仮にも尾張を制し、天下に手をかけた風雲児よ。こざかしい真似はしてこぬ」

ようやく信玄は振り向いた。

彼の背後では、精悍な武士《もののふ》が膝をついている。朱と黒の具足《ぐそく》を身にまとい、目立つ白の籠手《こて》に同じ色の臑当《すねあて》をつけている。豪華な拵《こしら》えの太刀《たち》がよく似合う。

あえて兜《かぶと》をかぶったままというのは警戒心の現れか。

信玄の弟である武田刑部少輔信廉《ぎょうぶのしょうゆうのぶかど》である。

信廉は若き頃より信玄に従い、信濃、駿河、遠江《とおとうみ》と転戦し、大きな戦功をあげている。

兄の信繁《のぶしげ》が川中島の合戦で討死すると政《まつりごと》にも深くかかわるようになり、信州深志《ふかし》城、高遠《たかとお》城といった要衝の城代も務めている。

一族の重鎮であり、信玄の影武者を務めることもある。

意外な才能として絵が達者で、信玄も何度か自画像を描いてもらったことがあった。

分限《ぶんげん》を心得ており、普段ならば信玄がその意志を示せば、余計な口をはさむことなく、それに従う。

それが、ここまで反論するとは。

特別な日であることはわかるが、気にしすぎであろう。

「向こうが家臣も連れず一人で来るというのだから、こちらはそれにあわせるだけのこと。馬場《ばば》を連れて行く。何も起こりはせぬから、余計なことは申すな。では、参るぞ」

信玄が声をかけると、大柄な武士が無言で後につづいた。

背は高く、肩幅も広い。腕も太く、素手で戦っても足軽の首をへし折りそうである。

甲冑《かっちゅう》は黒で、佩楯《はいだて》も渋い焦茶だ。大刀の拵えも地味だが、強烈な威圧感がある。

烏帽子《えぼし》姿の男こそ、武田家を支える勇将、馬場美濃守信春《みののかみのぶはる》である。

信玄の命令で馬場氏を嗣《つ》ぎ、上田原の合戦以後、武田家の一翼を担う将として活躍している。

永禄《えいろく》六年（一五六三年）の川中島の合戦では上杉勢を背後から襲い、武田勢の勝利に貢献した。

信州牧之原城の城代を務め、信州の平定にも大きな役割を果たした。駿河侵攻時にも信玄と行動をともにしている。

まもなく六〇歳になるという話だが、老いはまったく認められない。その点について触れると、いつもはぐらかされてしまう。

最も信頼できる武将であり、信春さえいれば後はどうとでもなると思っているほどだ。

信玄は、その信春を伴って参道に入った。

目の前には大きな鳥居があり、その彼方に拝殿が見てとれる。

人影はない。

周囲は静寂につつまれており、彼方から響くのは波の音だけだ。

この熱田神宮は尾張の南に位置し、日本武尊《やまとたける》の武具である草薙剣を奉納する地として創建された。主祭神は熱田大神。

武家の信仰は厚く、源頼朝や足利尊氏も剣を奉納している。門前町の繁栄は尾張屈指であり、船を使って三河《みかわ》や伊勢の湊とも商いがあるという。

織田信長《おだのぶなが》はかつて今川義元《いまがわよしもと》と戦う際、この熱田神宮で戦勝を祈願したという。その勝負には見事に勝ったが、今は……。

信玄が拝殿に歩み寄ると、宮司とおぼしき人物が出て来て頭を下げた。

無言で背を向けて歩きはじめたので、そのまま従う。宮司はためらうことなく木々の合間を進み、神宮の裏手にまわっていく。

「ついていけますか、御館様《おやかた》」

信春が声をかけてきた。声には不安がある。

いささか腹がたつが、信玄は笑って応じた。

「平気だ。傷は癒えておる」

「ならば、もう少しお速く」

「やっている。向こうが、ちと速すぎるだけよ」

「無理をなさることはないかと」

信春の声には、どこかからかうような響きがある。

「もっとも、もう少しずれていたら、こうして歩くことすらできませんでしたな。それを思えば、これぐらいどうということはありませぬか」

「天は儂を見捨てていなかったということだ。まだやるべきことがあるのだろうて」

今年の二月、信玄は三河の菅沼定盈《すがぬまさだみつ》が守る野田城を攻め落とした。体調が悪かったこともあって、予想外に手間がかかり、攻略に三日を要した。

ようやく片がつき、後始末にかかろうかと思ったその矢先である。

本陣に鉄砲の玉が撃ちこまれた。

誰が放ったのか、いまだにわからない。

下手人は捕まっていないし、手がかりもない。

はっきりしているのは、一弾は信玄の佩楯をつらぬき、足の肉をえぐったということだ。

信玄はその場に倒れた。

重傷であったが、幸い医者が近くにいたこともあり、すばやい手当てができた。

命にかかわることはなく、寒い時期だったこともあり、傷は膿むこともなく、ひと月で歩くことができるまでに回復した。

あの時、もう少し玉が上にずれていたら、どうなっていたか。致命傷となり、三河、尾張を攻めるどころの騒ぎではなかった。

命を落とし、先刻、信廉が語ったような武田家の存亡にかかわる事態に陥ったやもしれぬ。


「せっかく拾った命よ。ならば、存分に使わせてもらおうぞ」

「さようで。まずは尾張ですが、さて、どうなりますか」

いつしか二人は熱田神宮の裏手にまわっていた。楠《くすのき》の合間を抜けるようにして、さらに奥へ進む。

神域が広いこともあり、どこにいるのか、まるでわからない。

気になった信玄が宮司に声をかけようとした時、大木の陰に建つ四阿《あずまや》が視界に飛び込んできた。

茶屋と間違うばかりの小ささであるが、壁は新しく、屋根の藁《わら》も葺《ふ》いたばかりであることがわかる。戸はきれいに磨かれていて、小屋につづく道もきれいに掃除されている。

宮司が無言で小屋を示したので、信玄は細い道を静かに進む。

しばらく行くと、男が彼らを待ちかまえていた。

年は四〇といったところだろうか。

背は信玄と同じぐらいで、肩幅は広く、背筋はしっかり伸びている。髷《まげ》をきれいに結い、服装もきちんと整えている。

素襖《すおう》は薄萌黄《うすもえぎ》で、それが新緑につつまれた神域によく似合っている。

太刀は差していない。無論、槍や鉄砲の類もない。周囲に人影のないところを見ると、きちんと約束を守ったらしい。

男は信玄を認めると、静かに前に出た。

信春が二人の間に割って入ろうとするが、信玄はそれを制した。

男は信玄の前に来ると、自ら膝をついた。

「お初にお目にかかります。手前、織田弾正忠《だんじょうのじょう》信長と申す者。尾張一国の主でございます」

これが織田信長か。

今川義元を倒し、若くして尾張をまとめあげた勇将。

将軍足利義昭《あしかがよしあき》を奉って京へ上り、天下に手をかけた麒麟児。

その男が自分の前で膝をついている。

まったく、この世は何があるのかわからぬ。

信玄は十分に間を置いてから尋ねた。

「主とは誰か決めたか」

「天が。尾張を制し、戦乱の世を鎮めることこそ我が天命と思っておりました」

「今もそのように思っているか」

「いいえ。もはや手前の役目は終わりました。天下をまとめあげるのは、武田家でございましょう」

「故に尾張を譲り渡すと。戦わずして」

「さようでございます」

信長は平伏して、額《ひたい》が地面と触れあうところまで頭を深く下げた。

「織田弾正、今日この時をもって、武田家の軍門に降《くだ》らせていただきます。この先は、武田の手足となり、天下取りのため、この身の尽きるまで働きつづける所存。よろしくお願い致します」

信玄は信長の頭を見おろした。

平伏しているので表情は見えない。眼光を感じることもできない。

わかるのは、信長の言葉には嘘がないこと。

そして、いまだその覇気が衰えていないことだ。

さすがに天下をねらった野心家。内に秘めた闘志は衰えぬらしい。

おもしろい。

その意地、どこまでつづくか。

信玄は屈服する覇王を見据えつつ、ゆっくりと口を開いた。

「よかろう。おぬしの思い、受けとろうぞ」


元亀《げんき》四年四月、武田信玄は前年の一一月からはじめた西への進撃を再開、三河から尾張へと進入した。

四月二二日には尾張の大高《おおだか》城を攻め滅ぼし、二四日は末盛《すえもり》城を破り、鳴海《なるみ》城を包囲した。先鋒が那古野《なごや》城へと迫ったのは、二六日のことだ。

織田勢も出陣してくるはずで、いよいよ決戦という話をしていたその時、突如、信長が降伏を申し出てきた。

なんら条件をつけることなく、武田家に従うというのである。

あまりのことに評議は混乱したが、最終的に信玄が受け入れを決定、信長との会談に臨むことになった。

五月三日、信玄は熱田神宮裏手で信長と会談、その意を受けいれた。

ここに織田家は武田家の軍門に降り、以降は信玄の命令に従って働くこととなった。

武田家は尾張のみならず、美濃、近江の領土を戦わずして手に入れた。

文字どおり、他を圧する戦国大名が誕生したわけであるが……。

それは、皮肉なことに新たなる戦いの幕開けも示した。

天下統一に向けての動きはまるで変わり、戦国の世は見たこともない局面を迎えることになる。

それがはっきりするまでには、わずかながら時が必要であった。

第一章　揺らぐ天下

一

天正四年（一五七六年）九月三日
尾張国中島郡

風にあおられて馬場加賀守《かがのかみ》信春は顔をあげる。

雲の塊が、東から西へ流れていく。

数は多く、さながら南の空は街道を行き交う旅人のように見える。


大きく異なるのは、進む方向が一つということであろうか。

空はすっかり高くなり、秋の色に変わっている。北から強い風が吹くまで、さして時はかかるまい。

信春がこの地で空を見あげるようになってから三年になるが、いまだに慣れない。

甲斐と尾張は情景がまるで異なり、稜線までひろがる田畑を見ると、妙に不安な気持ちになってしまう。

いつか慣れる時が来るのだろうか。それともその前に……。

不安がもたげてきたところで、信春は首を振った。手綱《たづな》を振って、ゆっくり馬を前に進める。

作りかけの堤防が左手方向に見えてくる。

積みあげた土の山には多くの人夫が集まって、さかんに声をかけあっている。

一つ大きな声があがるたびに、畚《いしみ》に土が載せられて運び出されていく。手際はよく、流れが途切れることはない。

堤防の上には人夫頭が立ち、さかんに指示を出し、土を土手に盛りあげていく。

その情景は遥か先までつづいており、声も人の動きも止まることはない。

「思ったより多いな」

もしかしたら、人夫は三〇〇に達しているかもしれない。これほどの数を集めることができるとは。意外である。

信春はなおも土手に沿って馬を進める。

しばらくすると、騎馬の武者が姿を見せた。

五人で、先頭に立つ一人は目立つ肩衣を身につけていた。

しばらく土手の上で話をしていたが、先頭の武者がこちらに気づくと、進む先を変えて信春のところに向かってきた。

先頭の武者は信春の手前で馬を止めると、一礼した。

「これは、加賀守様。このようなところにいらっしゃるとは。気づきませんでした」

「声はかけなかったからな。余計な気は使わせたくなかった」

「ですが……」

「かまわん。ふらっと見に来ただけであるからな」

「でしたら」

信春は馬を並べると武者を見る。

年は四五歳とあって、それなりに年齢を感じさせる顔立ちだ。皺《しわ》もあるし、髪には白いものもある。

ただ、老けているという印象はなく、大きな髷と背筋を伸ばした姿勢は目を惹く。

薄香《うすこう》の肩衣に白の小袖、媚茶《こびちゃ》の袴《はかま》といういでたちは若侍を思わせるほどだ。

目つきは鋭く、ふるまいは荒々しい。それは、彼が尾張に入ってからずっと変わらない。

跡部九郎右衛門尉勝忠《あとべくろううえもんのじょうかつただ》は武田家の家臣で、今は穴山尾張守信君《あなやまおわりのかみのぶきみ》に仕えて尾張四郡の統治を手助けしている。

頭の回転が速く、書面の扱いもうまい。算術にも長けているし、人との付き合いも同格かそれ以上ならば上手にやってのける。

それもあって、甲斐では同族の跡部図書頭勝資《ずしょのかみかつすけ》とともに、内政の段取りを任されていた。

その勝忠が望んで尾張の地に赴いてから、すでに二年が経つ。むずかしい地をうまくまとめていると言えるが、いささか荒っぽいところがあるのが気になっていた。

信春は、馬を下りようとする勝忠を制した。

「気を使わずともよいと言ったであろう。このようなところで、城中のようにふるまわれては息が詰まる」

「さようで」

「話し合いは昨日で終わったから、ゆるりと美濃に帰るだけだったのだがな、気になることがあったから、こちらに寄ってみただけよ。思いのほか、普請は進んでいるようであるな」

「九月に入って水かさが減っておりますからな。土手の手直しをするには今しかありませぬ」

勝忠も堤防を見やった。

「さすがは木曾三川《きそさんせん》。暴れっぷりが半端ではありませぬな。これに比べれば、笛吹川も釜無川も小川のようなもの。手なずけるには、相当の手間暇がかかりましょうぞ」

木曾三川とは、尾張の西を流れる木曾川、長良《ながら》川、揖斐《いび》川をさす。

流れ道は大きく異なるが、尾張の西で合流して尾張と伊勢の国境を形成しつつ、伊勢の海へと注ぐ。

いずれも大きく、一本でも厄介なのに海の近くでは三川が入り乱れて、途方もなくややこしい流れを作りあげる。

大雨になると、水の流れを操ることができず、たちまち水があふれる。

信春が知っているだけでも、木曾三川は二回、氾濫している。

そのうちの一回は二年前の六月で、大雨で木曾川と長良川の水が揖斐川に流れ込み、その影響で揖斐川が上流で決壊。広い範囲で被害が出た。

美濃大垣では、一〇日が経っても水が引かなかったほどで、いまだに当時、壊された家の残骸があったりする。

信玄は氾濫被害を食い止めるべく、尾張、美濃の国境で堤防を整え直すように命じ、今、勝忠の差配で作業がおこなわれている最中だった。

「今年はうまくいくかと思ったのですが、八月の雨で木曾川の土手が切れてしまいましたからな。もう一度、やり直しです」

勝忠は信春と馬を並べると、指で左の堤防を示した。

「あのあたりがうまくありませぬな。雨になると流れが濁ります。土は十分にさらったと思っていましたが、もしかしたら足りなかったかもしれませぬ。今は土手の手直しとあわせて、川に人夫を入れて底の具合を確かめているところです」

「時がかかりそうだな」

「さようで。釜無川ですら二〇年かかりました。それより急流の三川となれば、その倍はかかると申したいところですが、そこまで待っていられませんので、普請を急がせております。幸い都合のよい者がおりますので、こき使わせてもらっていますが」

勝忠は笑った。

「正直、話を聞いた時は驚きました。なぜ、あの者を尾張に留め置くのかと。徳川のように故国から引き離して東国に追いやれば、思い残すことはないと思って、いろいろと文句も言ったのですが、さすが御館様ですな。この時が来ることをわかっておったのですな」

「川のことをよう知っているか」

「近くに住んでおりますから、誰よりも詳しいかと。商人との伝手《つて》もございますから、人集めも達者で。あの者がいなければ、一〇〇人からの人夫を集めることはできませんでした」

「…………」

「あの者の普請でございますから、我らは己の懐を痛めることがないばかりか、向こうに金を使わせて、余計な武具を集める力を奪い取ることができます。よいことずくめで。御館様の慧眼《けいがん》には驚くばかりです」


おそらく勝忠の言うとおり、信玄はこの事態を見越して国割《くにわり》をおこなったのであろう。

それは今のところうまくいっており、なんら問題がないように思える。

「して、あの者はどこに？　普請の手伝いをしていると聞いているが」

「少し先の土手でして」

信春と勝忠が馬を進めると、堤防が次第に右に大きく曲がりはじめた。

木曾川と長良川の合流点であり、これまでもたびたび水が出ている難所である。

人夫が何か箱のような物を押して、土を運んでいる。よく見ると車輪がついている。

「あれは？」

「手押し車とか申すようで。あやつが考えついたとのことで、どこでも使われています。木で作っているので長くはもちませんが、手や駕籠で持ち運ぶよりは楽なようで」

「ほう、やるではないか」

「褒めるほどのことではございません。さんざん苦しませてくれたのです。もう少し武田家のために役立ってくれませんと」

勝忠の言葉を遮るようにして、カン高い声が響いた。実によく透り、距離はまだ離れているのにはっきり聞き取ることができる。

「ほれ。何をしている。そこじゃ、引け、引け」

近づくと、一〇人の人夫がふた抱えもある太い材木を引いていた。重いらしく、なかなか動かない。その前方で諸肌《もろはだ》の武将が扇子を振っていた。

「そうれ。歌え、歌え。声をあわせて引くのじゃ」

人夫が声をあげると、武将も同じように謡《うた》いながら扇子を振った。

ようやく丸太が動き出して、堤防に近づいていく。その動きに乱れはなかった。

「あれが織田弾正忠信長です。ああして人夫と一緒になって働いております。いまや頭領気取りでございますよ」

「行くとしよう。話がしたい」

「わざわざ行くまでもございませんよ。あんな下賤《げせん》の者、こっちへ呼びつければよいのです」

勝忠が声をかけると、供をつとめていた者が馬に乗って堤に駆けよった。そのまま馬上から声をかける。

武将はこちらに気づいて顔を向けた。すぐに一礼すると、人夫頭とおぼしき者に声をかけ、こちらに向かって歩きはじめる。

信春の前にたどり着くまで、少し時を要した。

「ご無沙汰しております」

信長が頭を下げると、途端に罵声が飛んだ。

「何をしている。ひざまずかんか」

勝忠だ。露骨に馬上から見おろしている。

「ここにおられるのは馬場加賀守様。美濃稲葉山城を預かる武田家の重臣であるぞ。貴様のような落ち武者が直答できるような方ではない」

信春は勝忠を諫《いさ》めようとしたが、それよりも早く信長は膝をついていた。

頭を下げて、それでもはっきりと聞き取ることのできる声で応じる。

「失礼致しました、加賀守様。ご無礼の段、平にご容赦を」

「よい。気にするな」

信春は堤防を見やった。

「普請はうまくいっているようだな」

「はっ」

「詳しく話が聞きたい。案内してくれ」

「では、こちらへ」

「でしたら、手前も」

「いや、おぬしはよい。ここで待っていてくれ」

信春は勝忠を制すると馬から下りた。そのまま先に立って堤に向かう。

信長はすっと立ちあがり、信春の後につづく。

秋の風が木曾川のほとりを吹きぬける。

まもなく申《さる》の刻（午後四時）になろうとしており、秋とは思えぬほど強かった日差しもようやく落ち着きつつあった。

堤防まで一町の距離に近づいたところで、信春は尋ねた。

「あれは、何をしておるのか」

「堤を厚くしております。あのあたりが大雨の際、水の流れがきつくなりますので、手を打たぬと早々に堤が崩れます」

「厚くしすぎて、流れを乱すようなことはないのか」

「川の流れに手を加えております。こちらが望んだとおりの動きになれば、堤の厚みはきいてきましょう」

信春が尋ねると、そのたびに信長はきちんと応じた。

どこで何をしているのか完璧に把握しているようで、返事をためらうことは一度としてなかった。

武田家は木曾三川の治水工事をおこなうにあたって、織田家にそのとりまとめを命じた。

資金や人足の調達からはじまって、堤防の調査、さらには現場での差配や付近の大名との交渉まで含まれる。

武田家は命令とわずかな金を出しただけで、後は織田家に任せっきりである。

ここまで普請を進めることができたのは、信長が途方もない額の金を負担したからだ。おそらく鉄砲を一〇〇〇丁は買える額だ。

資金の流出は織田家にとって痛手であろう。だからこそ、信春は現状が気になって仕方がない。

堤の上では、人夫が並んで丸太を運び上げている。先頭の侍が手を振ると、掛け声があがる。

「冬のうちにできるかぎり進めておこうという算段か」

「はっ。雪融けの水が流れ込んできますと、思ったように普請ができませんので」

「うまくいきそうなのか」

「今は遅れておりますが、なんとか。御館様の期待には応えたいと考えております」

「おぬしは尾張でなく、美濃でも普請をしているではないか。なんの考えがあってのことか」

「堤は一方だけやればよいというわけではありませぬ。一方が低ければ、水が流れ込むだけ。それでは美濃の者に迷惑をかけましょう」

信長は顔を伏せており、表情を見ることはできない。それが偶々《たまたま》なのか、わざとなのか。

埒《らち》があかないとみて、信春は思いきって切り込んだ。

「木曾三川は、日《ひ》の本《もと》屈指の暴れ馬よ。ひとたびは抑えることができても、二度、三度、うまくいくとはかぎらぬ。大雨が降れば、それでおしまい。堤はたやすく切れよう。おぬしたちがいくら骨を折っても無駄になるやもしれぬ」

「承知しております」

「儂は、木曾三川を抑えるのであれば、入り乱れる三本の川をそれぞれに分けねばならぬと考えておる。そこまでやるとなれば、途方もない時がかかるであろう。二〇年、いや、三〇年、四〇年と費やすやもしれぬ」

「手前もそのように考えます」

「ならば、おぬしだけでなく、子々孫々、織田家は木曾三川と戦うことになる。それでもよいのか」

信春は語気を強めて尋ねたが、信長の返答は変わらなかった。

「無論でございます。前にも申したとおり、我が家は武田家に滅びるまで尽くす所存。それを役目と考えております」

顔も伏せたままで、わずかでも信春に視線を向けようとはしない。

これが本音なのか。

本当に織田信長は、武田家の先手衆《さきて》として生きるつもりなのか。

信春はひどくいらだった。

どうにも引っかかる。こんなはずはない。

「おぬし、穴山尾張守様とは会っているか」

「先月、挨拶させていただきました。しっかり普請をするようにと言われました」

「あの方は、今、尾張の半分以上を束ねている。そのことについてどう思うか」

「よくやってくださっているかと」

信長の口調は変わらない

「手前どもが降った後、尾張で大きな乱はありませぬ。美濃や近江で国が逆さまになる騒動が起きた時にも、なんら変わったところはございませんでした。それはすべて、穴山様のご威光かと。手前どもが、中島、海西《かいさい》の二郡でやっていけるのも、穴山様のおかげでございます」

織田家は武田家に降った後、ほとんどの所領を失い、尾張の西部、中島郡と海西郡のみが版図として与えられた。

尾張を束ねるのは信玄の義弟である穴山尾張守信君であり、それを勝忠をはじめとする武田の武将が支える。

それでも平気なのか。何か裏があるのではないか。勘ぐらずにはいられない。

信春はしばし信長を見つめていたが、望む答えを得ることはできなかった。

かつて尾張を治めていた武士は、口をつぐんだままうつむいていたからだ。

「儂は帰る」

「では、手前は普請を手伝ってまいります。どうも佐久間《さくま》右衛門ではうまくやれぬようで」

信長は一礼すると、人夫の集団に自ら飛び込んだ。小袖を脱いで上半身裸となり、声を張りあげる。

その姿は単なる人夫頭にしか見えない。

信春は来た道を戻り、馬に乗った。

「ご覧になったでしょう。あれが今の弾正でございますよ」

勝忠が声をかけてきた。

「もう覇気も何もない。人夫と泥だらけになって日々暮らしているだけ。情けない。同じ武士とは思えませせぬな」

勝忠は侮蔑を隠そうとしなかった。

それは彼の供の者も同じであり、冷たい目で信長を見ている。

確かに、そうだ。人夫とともに働くなど、一軍の将がやるべきことではない。

異様なふるまいであり、もし信春が同じ立場に追い込まれていたら早々に腹を切っている。

だが、それだからこそ、かえって気になる。

あれが織田信長の真の姿なのかと。

信春には、何か裏があるように思えてならないのである。

二

天正四年　九月九日　美濃国稲葉山城

板障子の向こう側で声がした。前に会った時と同じで、低くて太い。

信春はつい、笑みを浮かべて応じる。

「おう。待っておったぞ。入ってくれ」

「御免」

板障子が開いて、壮年の侍が奥の間に入ってきた。陽に焼けた顔は精悍で、整った顎鬚《あごひげ》とよく似合っている。

髷をきれいに結っているのは、京の大物と会う機会が増えたせいか。

一方で、桑茶の素襖につつまれた身体に無駄な肉はついておらず、いつでも合戦の場に躍り出ることができそうだ。

帯にさした扇子すら迫力を感じさせる。

「ご無沙汰しております、加賀守様」

山県駿河守昌景《やまがたするがのかみまさかげ》は、信春の前に座ると両手をついた。

「最後にお会いしたのは三月でしたな。その後、なんの挨拶もせず、申し訳なく思っております」

「京での花見以来か。なんの、儂とて書状一つ出さなかった。互いに忙しい。やむをえぬよ」

「なかなか落ち着きませぬな」

昌景は笑った。邪気を感じさせない表情は、昔と変わらない。

昌景は武田家の重臣であった飯富虎昌《おぶとらまさ》の弟で、早くから信玄に仕え、戦《いくさ》の場でその能力を発揮した。諏訪や東信濃への侵攻で大きな戦功をあげ、北信の雄、村上義信《むらかみよしのぶ》との戦いでも先陣を切って戦っている。

その後、兄の虎昌は信玄への叛意《はんい》を問われて切腹を申しつけられたが、昌景が連座することはなく、逆に名跡である山県家を嗣ぎ、山県三郎《さぶろう》兵衛尉《ひょうえのじょう》と名乗るようになった。

その後は内政で力を発揮して、信玄が駿河に侵攻すると、江尻城代を務め、駿河衆を束ねて武田家発展の礎を築いた。

元亀四年の上洛戦では、秋山信友《あきやまのぶとも》とともに東美濃に侵攻、その後は主力を助ける形で尾張に入り、いち早く末盛城を落とし、那古野《なごや》城に迫った。

織田家の降伏を早める働きで、信玄から直々に褒美の言葉をもらったほどだ。

いまや武田家の宿老《しゅくろう》であり、武田四天王の一人として畿内でもその名は轟《とどろ》いている。

まだ若く、これから長く武田家を支えてくれるだろう。

「何もないが、やってくれ。さあ」

信春が酒を勧めると、昌景はごく自然に受けた。

しばし、二人は酒を酌み交わす。

すでに日は暮れ、狭い奥の間には灯りが用意されている。昼間とは違う陰影には、どこか風情がある。

「ここはよいところですな。新しく作ったのですか」

昌景が周囲を見回したので、信春は静かに応じた。

「いや、手直ししただけよ。稲葉山城は織田の奉行がしっかり手入れしていたから、そのまま使うことができた。少し住みやすいようにいじっただけだ」

二人が話をしていたるのは、稲葉山城の本丸御殿だ。人が近づかない奥の間であり、思い切った話ができる。

それでいて板戸を開ければ、眼下に広がる井之口、かつては岐阜と呼ばれていた町を望むことができる。

「さようで。佐和山はいささか痛んでおりましてな。手直しがいるかと」

「そうか」

信春は頃合いと見て、胸の裡《うち》に秘めていた事案をぶつけた。

「それで、どうだ？　近江のほうは」

「相変わらずですな。六角《ろっかく》の残党は、いまだ甲賀の山奥で騒いでおります。伊賀の連中が助けていることもあり、なかなか尻尾がつかめませぬ」

昌景は表情を改めて応じた。

「浅井《あざい》家も佐和山への執着はきつく、いまだに小競り合いがつづいています。さすがに本気で兵を出してくるようなことはございませぬが、あきらめるつもりもないようで」

「面倒だな」

「厄介なのは京極《きょうごく》家も同じでして。若狭の武田家ともめておりまして、しきりに仲裁を持ち込んできます。そのたびに家臣を送らねばならぬので、せっかくいただいた江南《えなみ》の版図もまとめきれずにおります」

「おぬしがそこまで手こずるとはな。考えもしなかったわ」

「近江は因縁が深くからみあっていて、他国の者には内情がわからぬところがあります。朱印状がすべて残っているわけではございませぬし。一方の言い分をすべて受けいれるわけにはいかず、なんとも往生しております」

そこで昌景は、はっと息を呑んで頭を下げた。

「申しわけありませぬ。つまらぬ愚痴を言いました」

「かまわぬ。ここにおるのは我ら二人だけ。しかも、ともに戦場《いくさば》で轡《くつわ》を並べた仲ではないか。余計な気は使わず、ざっくばらんに話をしようではないか。儂もそうしたい」

昌景とは、信玄が諏訪に侵攻した時から行動をともにしている。今さら遠慮する仲ではない。

「美濃国とて同じことよ。織田家と争うことなく手に入れたはよいが、口だけが達者な連中が多くて大変なことになっておる。

土岐《とき》家は面倒な問題を持ち込んでくるし、美濃三人衆は相変わらず不穏な気配を漂わせておる。美濃の東では秋山殿と遠山《とおやま》家がぶつかっているしな。落ち着いて、この稲葉山城にとどまっている時間もない。なかなか面倒なことよ」

「一昨日まで尾張におりましたな」

「穴山様と今後について話していてな」

「どこも同じということですか。苦労を背負いますなあ」

そこで、ある情景が思い浮かんで、信春は話題を変えた。

「駿河、おぬし、御館様が京に上った時のことをおぼえておるか」

「もちろんでございます。馬を並べて、整然と進む姿は心に焼きついております」

「今、思えば、あれが我らにとって最もよい時期であったたな」

信春はふと過去に思いをはせる。

それは、わずか三年半前のことなのに、遠い過去の出来事のように思われた。

元亀四年五月、織田信長が熱田で武田家に降り、情勢は一気に変わった。尾張、美濃での戦はなくなり、京までの道が一気に開けたのである。

この状況に、それまで様子見をしていた大名も、こぞって武田家へ味方することを告げてきた。

一時、越前に戻っていた朝倉左衛門督義景《あさくらさえもんのかみよしかげ》など、最低限の供まわりだけを連れて、文字どおりすっ飛んできた。信玄の前で言い訳を並べる様子は、見ていて滑稽なほどだった。

信玄は義景の言い分を無言で聞いていたが、その姿はさながら主君と家臣のようで、両者の間には大きな差ができていた。

信玄は岐阜に入って、尾張と美濃の始末をつけると、いよいよ京に向かって軍勢を動かした。元亀四年七月のことである。

無論、邪魔をする者はいない。

浅井、朝倉はもちろん、伊勢の北畠《きたばたけ》、阿波の三好左京大夫義継《みよしさきょうのだいぶよしつぐ》、大和の松永弾正久秀《まつながだんじょうひさひで》、近江の六角義賢《よしかた》といった名だたる武将はすべて信玄に従った。

近江路を進むたびに国衆《くにしゅう》もわざわざ挨拶に出てきて、瀬田の橋を渡る時には六万を超える大軍勢になっていた。

七月二〇日、武田勢はついに京に入った。

出迎えには将軍足利義昭や関白二条晴良《にじょうはるよし》といった京の大物が、こぞって姿を見せた。京の民も歓迎の意を明快にし、町は大騒ぎになった。

八月一日、ついに信玄は今上天皇と顔をあわせ、武田家は上洛を成し遂げた。

織田家を叩き、徳川家をつぶし、三河、尾張、美濃を手にし、付近の大名を従えての京入りだ。

文句のつけようがない結果と言える。

信春も昌景も、しばし大きすぎる戦果に酔った。

京での日々はさながら天国のようだった。

しかし、上洛しても現世が途切れるわけではない。一つの問題を片付ければ、新しいのが出てくるわけであり、それを彼らは嫌でも思い知らされることとなった。


「織田弾正が降った時のことは、よくおぼえておる」

信春は盃を置いて息を吐いた。

「芝居を見ているかのようだった。四阿の前で両膝をつき、頭を下げた。その動きにはなんのためらいもなく、御館様に臣従するという意を明らかにしておった。吹きぬける風が妙に温かかったな」

「後から話を聞いて、手前も驚きました。まさか本当に一人で来るとは。度胸が据わっていると申しますか」

「覚悟が決まっていたのかもしれぬ。おかげで、その後の話もなんら引っかかることなく進んだ」

四阿で信長と信玄は語り合い、尾張と美濃、さらには南近江の版図を武田家に譲ることで合意した。取り決めには、おそらく二刻（四時間）もかからなかっただろう。

基本的には信玄の問いに信長が応じるという形で、話がよどむことはなかった。

「織田家が抗《あらが》うことなく降ってくれたおかげで、我らは兵を失うことなく、京に入ることができました。三好や松永があっさり味方についたのも、西上に手こずることがなかったからでしょう」

「であろうな」

「瀬田に武田の旗が立った時のことは忘れられませぬ」

げた。

信玄は瀬田の橋を渡る時、孫子《そんし》の一枚旗をかかげた。

「疾如風、徐如林、侵掠如火、不動如山」の文字が先頭に立って橋を渡る時の情景は、信春の記憶にも焼きついている。

おそらく、あれこそ信玄の最大の望みであったのだろう。

「正直、あの時、このようなことになろうとは思いもよりませんでした。御館様が天下を差配すれば、すべてがうまくいく。そのように信じて疑っていなかったので」

「儂も同じよ。まさか、このようにこじれてくるとはな」

信玄は京に入ると、将軍義昭や公家の歓待を受けつつ、拡大した領土の割り振りをおこなった。

いわゆる「武田の国割」である。

この仕置きで、まず、甲斐は全域が信玄の蔵入《くらいり》地《ち》となった。

都留《つる》郡の小山田信茂《おやまだのぶしげ》は駿河へ転封、巨摩《こま》郡で力を持っていた穴山信君も尾張半国を賜り、甲斐の地を去った。

これで信玄は、長年の夢であった甲斐の完全掌握を成し遂げたのである。

さらに知行地《ちぎょうち》の変更がおこなわれ、弟の武田信廉は北信濃の四郡を与えられて上杉謙信《うえすぎけんしん》の抑えを命じられた。

嫡男《ちゃくなん》の武田勝頼《かつより》には諏訪も含めた南信濃の地が与えられた。

なお、この時、勝頼は信玄から偏諱《へんき》を賜って、信頼《のぶより》と名乗るようになり、名実ともに武田家の跡取りとして認められることになった。

ほかの家臣にも知行地が与えられ、高坂《こうさか》弾正昌信《まさのぶ》と名を改めた春日虎綱《かすがとらつな》は三河の半国、秋山虎繁は東信濃の広大な土地を手にした。

山県昌景には近江三郡が与えられた。これは京につながる街道を確保しつつ、北近江の浅井長政《ながまさ》や越前の朝倉義景ににらみをきかせるためだ。重要な役割であり、信玄がいかに昌景を信頼しているか、天下に知らしめたとも言える。

馬場信春は美濃の稲葉山城を与えられたが、領土は山縣《やまがた》郡のみにとどまった。

信玄は国割にあたって、没落した名家を取り立てることに重きを置いたため、美濃の中央部は土岐家の主、頼芸《よりあき》に与えることになり、信春にまわす知行は極端に少なくなった。

ほかにも本巣《もとす》郡は斎藤龍興《さいとうたつおき》に、池田郡から不破《ふわ》郡の一部、さらに安八《あんぱち》郡の北は、いわゆる美濃三人衆に与えたことも恩賞を削る結果につながった。

この処置で一時、信春が信玄に信頼されていないのではないかという噂がたったが、彼自身はまるで気にしていなかった。

土岐頼芸は領地こそあるが、兵を指揮する資格はなく、美濃中部の先手衆は信春がとりまとめる。美濃三人衆についても彼の配下に入り、大垣城の土屋安房守昌続《つちやあわのかみまさつぐ》とともに、命令があればどこへでも出陣することが決まっていた。

頼芸はあくまで飾りに過ぎず、美濃の半分は実質的に信春が支配していた。

上洛前の信玄は家臣に大きな知行地を与えず、城代の形で支配地を任せることが多かったが、この国割でその原則をくつがえしたといえる。

それだけ手に入れた領土が広大だったということであろう。

尾張、美濃、近江、山城の織田領と徳川家康が支配していた三河の領土かすべて手に入ったのである。尋常ならざる処置が必要だったことは明らかだ。

国割にあわせて、家臣には朝廷から正式の官位も与えられた。

関白の二条晴良が積極的に働きかけたこともあり、信玄は左京大夫、信頼は左近衛少将《さこんえのしょうしょう》という高位を得た。信春ですら加賀守、昌景も駿河守に任官されている。

受領ではないのだから重みが違う。

上洛にともなって、武田家の地位が向上したのは間違いなかった。

「地位も名誉も得て、我らは新たなる知行地へ向かったわけですが、本番はここから先でございましたな」

昌景の表情が曇る。それは、彼の苦労が尋常でないことを物語っている。

「ああ、あれだけ人を動かせば、揺り返しも大きい。ましてや知行地がからんでいるとなれば。わかっていたことではあったが、大変だったな」

「本当にうまくいきませんでした」

新しい知行地で武田勢を迎えたのは、国衆との激しい戦いだった。

近江や美濃では争論が絶えることなく、小規模な乱は三月《みつき》に一回は起きていた。

「争いは長きにわたってつづきました。いや、いまだにつづいていると申すべきですか」

「彼らの言いたいこともわかる。いきなり乗り込んできて、勝手放題にされれば、腹もたとう」

信春は嘆息した。

「厄介なのは、御館様の情けで版図を賜った者たちよ。何もせずに返り咲けたというのに、そこに謝意を示すどころか言いたい放題。いったい、どうなっているのか」

織田家の没落で、土岐家、北畠家、六角家、京極家といった過去の名家が復活した。

信長を倒すのに力を貸したというのが理由であるが、実際のところはわずかに兵を動かした程度で、三方ヶ原で戦った時には様子見に徹しており、信長の背後を攻めたてることはしなかった。

　積極策に転じたのは、むしろ織田家が降伏してからだった。

　故に彼らに与えられた版図は少なかったのであるが、それが不満だったらしく、何かと文句をつけて加増を要求してきた。

　とりわけ土岐家はひどく、東美濃の領有権を主張してやまなかった。

「武士《もののふ》としての力が欠けているのに、何を言っているのか。東美濃は秋山殿が抑えており、土岐家に融通できる地などない。下手に譲れば秋山殿のみならず、配下の国衆が文句を言う。まとめる力などないのだからな」

「北畠もいろいろと画策しているようで。将軍義昭様が動いていて面倒ですな」

　北畠家は足利義昭と近く、何度となく桑名郡の領有権をめぐって訴えを起こしている。そのたびに余計なことはするなと押さえつけるのであるが、取りやめる気配はない。

「土地が欲しければ、自らの力に訴えればよいのだ。我らを追い出して、伊勢でも美濃でも抑えればよい。それができず、口だけとはあまりにも情けない」

「口だけだから、かえって面倒なのだ。西国の武士は口が立ちますから」

「決して引かぬしな」

　名家という誇りがあるからか、土岐家にせよ、北畠家にせよ、自分の主張を引っ込めることはほとんどない。相当に強く言っても、ねちっこく反論し、自らの正当性を唱える。

　東国とは違う気質に信春はうんざりしており、正直、顔を見るのも嫌であった。

「慣れていくしかないのでしょうな」

昌景の表情も苦い。

「これでも国割をした直後に比べれば、だいぶよくなっております。例の近江・美濃の大乱で、だいぶうるさい連中も片づきました。もう少しというところでしょう」

「そうあってほしいがな」

信春は酒をあおった。苦味を感じるのは、味が落ちているからではあるまい。

武田家は上洛を果たし、天下に手をかけた。これからはさらに西へ、そして東国の強敵相手の決戦に挑むことになる。

版図はさらに広がり、これまでは接触がなかった四国の長宗我部《ちょうそかべ》や九州の大友《おおとも》、島津《しまづ》といった勢力とも渡りあっていかねばならない。

それを単純に喜べない自分自身に、信春はいささかいらだちもおぼえていた。

「幸いなのは尾張が落ち着いていることですな。穴山尾張守殿の政は思いのほか手堅いようで。正直、ここまでやってくれるとは思いもよりませんでしたな」

昌景の言葉には軽い棘《とげ》があった。

穴山尾張守信君は甲斐の名家、穴山家の当主であったが、父の信友に比べると軽薄で、家中をまとめあげる力量に欠けていた。

家臣との騒動も多く、信春も相手方から相談を受けたことがある。

かつて駿河で城代を任された時も、うまくいかず、昌景の助けを得てなんとかやりくりする始末だった。

大きな戦功もなく、上洛の戦いでは信玄とともに行動して、前線に出ることはほとんどなかった。

それが尾張半国を得たのであるから、武田家の武士ですら問題視した。

先年、亡くなった真田幸隆《さなだゆきたか》は死の直前まで、あれはいかんと繰り返していたほどだ。

「尾張半国は、尾張守殿がやたらとこだわっておりましたからな。どうしてもあの地が欲しかったようで、御館様に何度も申し入れておりました」

「ああ、儂にも口利きを頼んできた。できれば、一国まるまる欲しいとな。あれには往生した」

　戦功のあった昌景や虎綱ですら、半国なのである。なんの手柄もない信君に、尾張を与えることなどできようもなかった。

「どうなるかと思っていましたが、穴山様はうまくやっているようで。あの弾正忠を抑えているところもなかなかの手際。美濃、近江、山城が荒れている最中、尾張が落ち着いているのは、我々にとっても心強いところで」

「そのとおりだがな」

「何か気になることでも」

「ああ、その弾正忠のことよ。どうにも引っかかる」

　今のところ、信長は信君の政に逆らうことはなく、言われるがままに川の普請や境目争いの仲裁を務めている。

　近江や美濃で乱が起きた時は、武田勢にまじって兵も出した。弟の信興《のぶおき》をはじめとして多くの犠牲が出たが、その時も文句の一つを並べることはなかった。

　それがかえって気になる。

「弾正忠は何かねらいがあって、尾張殿の言に従っているように思えてならぬ。普請の浪費にしても、なんらかの考えがあってのことで、心の底から武田家に忠義を尽くしているとは思えぬのだ」

「まさか。考えすぎでございましょう」

「いや、このままなら、あやつは何かやらかす。放っておけば武田家に大きな災いをもたらそう」

　信春は語気をわずかに強めた。

「今日、おぬしに来てもらったのはそのためよ」

「いったい、何を……」

「儂は近いうちに、弾正忠を誅殺しようと考えておる。どうだ」

風が吹いて、灯りがわずかに揺れた。

彼方から犬とも狼ともとれる鳴き声がして、空気が震える。

昌景は大きく目を見開いていた。

息を呑む声すら聞こえてきそうであり、動揺を隠そうとしない。

「そ、それは……」

「無茶が過ぎるか」

「は、はい。恐れながら、あまりにも勇み足かと。弾正忠にはなんの罪もなく、返り忠をねらったという証しもございませぬ。ここで無理をすれば、武田の家名に傷がつきましょう」

昌景の声は震えていた。

心が揺れているのはわかるが、ここまで話をしたからにはいまさら止められない。

信春もわかって話をしている。

「儂が勝手にやったことにすればよい。書状の一つや二つなら、でっちあげも容易よ」

「それにしても、あれほど名の通った武士をいきなり討つとは。無茶が過ぎます」

「かまわぬ。なんとでもなる」

「いや、ですが……やはりうまくありませぬ」

昌景はようやく信春を見た。

「うかつに弾正忠を討てば、御館様の意に逆らうことになります。

三年前、あの者が降った時、そのまま討ってしまえという声が大きかったことは確か。仮に生かすにしても、少なくとも尾張の地からは引き離すようにと刑部殿もおっしゃっていました。

それに反して中島、海西の二郡を与え、尾張に留め置いたのは御館様の意向。ねらいがあってのことで、それを冒すような真似はできませぬ」

「それは、わかっているのだが」

信春の心にためらいが浮かぶ。それもまた気になるところだ。

信玄は、最初から信長を尾張にとどめる旨を示していた。版図を二郡にするか三郡にするかを迷っていただけで、遠くに移す意志はなかった。

その点、三河の徳川家とは大きく異なる。

家康は信玄の怒りを買っていたこともあり、三河の所領をすべて失い、遠く上野《こうずけ》に転封となった。

信玄のねらいがどこにあるのか、正直なところわからない。

勝忠の言うように、川普請で財を使い果たすように仕向ける意図もあっただろう。膨大な浪費のおかげで、織田家には兵を整える余裕もない。

また、尾張の内情に詳しいこともあり、尾張を束ねる時は役にたった。

信長の仲裁は的確で、熱田神宮が甲斐の商人と争った時にはうまく言い分を聞いて、双方の得になるような通達を用意した。それも自分では発表せず、信君の手柄になるように配慮している。

那古野城の普請でも人手を集め、これまでよりも城を大きくすることに成功している。

守山や鳴海城に武田の家臣が入った時には、国衆との話し合いの場に参加し、騒動が起きないように手を尽くしている。

信長が尾張支配のため、全力を尽くしたことは疑う余地がない。

だからこそ気になる。それが信長にとってなんの得になるのかと。

信春は、無償の行為を信じない。

人はなんらかの結果を得るために動いているはずで、信長が武田家のためにふるまうのは、自分に何か得になることがあるためだ。

それが武田家のためならばよいが、とてもそうは思えない。

「何かあってからでは遅い。思いもよらぬ大騒乱につながるやもしれぬ。尾張が落ち着いている今だからこそ、取り除いておきたい。どうだ」

信春の問いに昌景は応じなかった。表情をこわばらせたまま沈黙する。

再び口を開くまでには、四半刻（三〇分）を要した。

「さすがに、誅殺は行きすぎと思われます。焦りすぎと言わざるをえませぬ」

昌景の言葉は重く、信春の心に強く響いた。

「では、いかにすべきか」

「まずは、落ち着いて織田家の動向を探るのが吉かと。企みがあるなら、必ず引っかかるはず。そこをつつけば、織田家の真意も見えましょう。

我らに仇《あだ》をなすつもりであれば、そこで容赦なく叩けばよいかと。肝心なのは、何が起きているかを知るべきと見ます」

「儂が思い込みで動いていると？」

「そうは申しません」

昌景は首を振った。

「加賀守殿が気になるのでしたら、何かがあるのでしょう。それは、手前も信じております。

ただ、それが何かわからぬままに動くのは危ういかと。合戦に物見が必要なように、織田家の内情を知るのも大事かと」

信春はしばし口を閉ざした。

しかし、それは先刻、昌景が沈黙していた時間よりは短かった。

「あいわかった。おぬしの言うとおりだ。まずは、織田家を調べる。これまでは見逃してきたこともすべてだ。美濃三人衆や伊勢の関《せき》家とのつながりも見てみよう」

信春の問いに、昌景は安堵の息を漏らした。表情もやわらぐ。

「わかっていただき、なによりです」

「余計な気を使わせたな」

「いえ。気になるのは確かですので、こちらも手の者を送りましょう。事が起きた時に備え、兵も用意しておきます。大垣の土屋殿にも声をかけておきましょう」

「すまぬ」

「いろいろと申しましたが、何か感じることがありましたら遠慮なく動いてくださってかまいませぬ。いつでも手を貸しますぞ」

昌景は力強く言い切った。

それは、どの味方の言葉よりも心強かった。これで安心して自分の望むことができる。

「して、この件、ほかの方には？」

「言っておらぬ。これほどの大事、打ち明けることができるのはおぬしだけよ」

「そう言っていただけるのはありがたいですが、むずかしいですな。もう少し若様が頼りになってくれれば……」

「それを言う手はならぬ。左近様はまだ若い。しかも京に貼りついたままでは、こちらに目を向けることはできぬであろうて」

「あの地は魔物の巣窟ですからな。今頃はどうなっているか」

昌景の視線は左に向く。

稲葉山城の西であり、その先には彼らの言う魔物が集う京の都が存在している。

武田勢は京にも多くの兵を置いている。

だが、それがうまく働いているとはお世辞にも言えなかったのである。

三

天正四年　九月一一日　山城国二条城

荒々しく書院に入ってくる足音を聞いて、明智《あけち》十兵衛光秀《じゅうべえみつひで》はさらに頭を下げた。額が畳につく寸前でうまく止めてみせる。

「面《おもて》をあげよ」

荒々しい声が正面から響く。

「変にかしこまるな。鬱陶しい」

わずかに顔をあげると、山吹色の素襖が視界に飛び込んできた。

顔立ちは整っているが、頬の肉が落ちているせいで、どこか疲れたような印象を与える。目は細く、口は小さい。

痩身でありながら肩幅は広く、十分に鍛えていることが見てとれる。

興奮で赤く染まった頬は、話し合いが低調であったことを示している。

武田左近衛少将信頼は、いらだちを隠そうとしなかった。

「まったく。公家の連中は何を考えているのか。人からたかることしか考えておらぬ。また一条《いちじょう》家の用人が文句を言ってきたぞ。近江で所領が簒《さん》奪《だつ》されていると。馬鹿馬鹿しい」

信頼が視線を向けてきたので、意を察して光秀はゆるりと応じた。

「あの地は一条家が平安の御世に賜った地で、こだわりが違います。以前から取り返してくれと申し出ておりますので、望む裁決が下るまでは同じことを繰り返してくるかと」

「何を言っているのか。あそこは、一〇〇年も前に六角の連中に奪い取られているわ。今は、武田家に仕える国衆が年貢を取り立てておる。今さら返せと言われても、うなずくことなどできぬわ」

信頼の声は荒々しさを増した。表情も険しく、目尻は吊り上がっている。

「どうにかならぬのか」

「うまくなだめるしかございませぬ。一条家の当主は内大臣も務める実力者。次の関白とも目されており、うかつに事をかまえますと、公家の反目を買うことになりましょう。まずは替え地を与えて、十分な手当をするべきかと」

「それは、もうやっておる。そのうえで近江の地を返せと申しているのだ」

「ならば、近江にふさわしい地を用意するしかございませぬ。蒲生《がもう》か愛知のどこかに」

光秀の進言に、信頼は露骨に顔をしかめた。

「あのあたりは国衆が根を張っており、たやすくはいかぬ。そうであろう、兵衛」

「残念ながら、おっしゃるとおりかと」

光秀の右どなりから声がする。横目で見ると、壮年の武将が同じように頭を下げている。

渋茶の肩衣に、白い小袖がよく似合っている。

顔にはわずかに皺があるが、老けているという印象はない。

背を丸くしているのに卑屈な印象はなく、信頼の問いにも堂々と応じている。

蒲生左兵衛大夫賢秀《がもうさひょうえのたいふかたひで》は近江の国衆で、かつて蒲生郡で大きな勢力を有していた。

長く六角家に仕えていたが、主君の義賢が信長との戦いに敗れると、息子の鶴千代を差し出して臣従し、以降は織田家の与力として戦った。

武田家が近江に進出してくると、しばらくは日野城にこもっていたが、周辺の事情に詳しいということで召し出され、近江の支配を助けた。

京の情勢にも詳しかったので屋敷を与えられて、

今では信頼の側近として働いている。

人あたりがよい一方で、強情でたやすく引かぬ一面もあり、取次としての能力は高い。

これまでの活躍で名が知られており、賢秀の京屋敷には公家や武家のみならず、商人も面会を求めて日参しているという。

光秀同様、信頼にとってはよき相談役である。

もっとも、それが武田家にとって望ましいことかどうかは別であるが。

「近江は例の乱によって、ひどく荒らされました」

賢秀は淡々と先をつづけた
「山県駿河様はよくやっておられますが、あの地に入って三年あまり。国衆の心をつかむところまではいっておりませぬ。

ここで無理して所領を動かすようなことになれば、また騒ぎになりましょう。余計な手出しは無用かと」

「では、どうするのか」

「放っておけば、ようございましょう。明日にも手前が参りましょう。何か土産を携えていけば、一条家も気に入るかと」

「まったく、力もないくせに物だけは欲しがる。あんな連中、いなくなってもかまわぬのだ」

信頼は露骨に顔をゆがめた。

確かに、京の公家は人におもねってばかりで、自分で何かをすることはない。こうしてくれれば助かるのにと泣き言を並べて、自分でやるとは言いもしない。

要するに甘えているのだ。

そのくせ家格にはうるさく、わずかでも下に扱われるようなことがあれば文句を並べてくる。儀式に参加せず、相手に恥をかかせることも当然のようにやってくる。

今回、問題となっている一条家は摂家であり、摂政、関白にも昇任できる名家だ。

藤氏長者《とうしのちょうじゃ》を嗣ぐと目されていることもあり、誇りは異常なまでに高い。

関白二条晴良と対立しているのに加えて、二条家が武田家に優遇されていることも、一条家が声をあげる原因になっていると思われ、うかつにつつくのは危うい。

「兵衛、一条家の件は任せる。うまくやってくれ」

「はっ」

「まったく。京に来てから、こんな話ばかりだ。腹がたつことこのうえない」

信頼の顔は赤いままだった。

「武田家は織田を打ち倒し、京を手に入れた。力はある。だが、すべてをどうにかできるわけではないのだぞ。いい加減にしてほしい」

光秀はあえて応じなかった。

信頼は信玄の四男であり、甲斐武田家の跡取りである。

母は諏訪頼重《すわよりしげ》の娘で、信玄が諏訪氏を滅ぼした時に甲斐に迎え、信玄との間に子をなした。

元服すると諏訪家の名跡を継いで勝頼と名乗り、信濃高遠城の城代を務めている。

信玄の嫡男、義信が謀叛の疑いで廃嫡となると、武田家の後継者となり、高遠から甲府に移った。以後は信玄と行動をともにするようになった。

上洛作戦では先陣で戦うことが多く、末盛城の戦いでは自ら空掘を越えて城に入り、織田勢と戦った。

佐久間盛政《もりまさ》を討ち取ったのも、この時である。

信長が降伏すると信玄とともに上洛し、京の二条に屋敷を構えた。

偏諱を与えられて信頼と改名してからは、信玄の後継者として京の地で采配を振るっている。

今のところ、京で大きな騒動が起きていないのは、信頼がうまく立ちまわっているからだ。不器用ながらもよくやっているのは、光秀も評価している。

だが、状況が悪化したまま回復しないでいるのも、信頼の判断によるところが大きい。

もう少しうまい手を打つことができたはずで、それは京の事情を知る武士には共通の見解だった。

光秀が見やると、武田の後継者はしきりに首を振って、なにごとかつぶやいていた。

東国の武士にとって、京の事情を理解することは困難をきわめる。複雑に入り組んでおり、誰が何を握っているのかもよくわからない。

当事者が四人、五人と増えることも多く、すべてを解きほどこうとすれば、かえって状況を悪くしてしまう。光秀も苦労した。

武田勢は東国の武士なので事情に詳しい者がおらず、結局、織田家から人材を引き抜いた。


その時に選ばれたのが光秀であり、蒲生賢秀だった。

ほかには村井貞勝《むらいさだかつ》、蜂屋頼隆《はちやよりたか》、さらには実質的に織田家の家臣だった細川藤孝《ほそかわふじたか》がそれにあたる。

おかげで京の情勢は落ち着いたが、誇りの高い信頼は他家の手を借りたことが気に入らない。

ここのところ当たり散らしてばかりで、光秀たちはやりにくかった。

「荒木摂津守《あらきせっつのかみ》の件、言上してもよろしゅうございましょうか」

光秀の話を聞いて信頼は露骨に顔をしかめた。

「ああ、そうか。今日はその話だったな。かまわん。言うがよい」

「はっ。いろいろと話を集めてみますと、摂津守は有岡城を出るつもりはないようです。この城は己のものと言い張ってやまず、兵を散らす気配もございませぬ。新たに芥川山《あくたがわ》に城を築くと申し出ておりますが、あそこはすでに捨てたもの故、心は惹かれぬと」

「播磨《はりま》攻めの件はどうなっている。やる気はあるのか」

「そうは思えませぬ。播磨の別所《べっしょ》家は毛利《もうり》とつながっており、強大と申しておりますが、それは言い訳に過ぎぬように思えます」

「まったく。忌々しい。あれだけ手を貸してやったのに、ここへ来て逆らうとは。忘恩にもほどがあろう！」

　信頼の声はさらに高まった。

　荒木摂津守村重《むらしげ》は摂津池田《いけだ》家の家臣であったが、三好家と手を組んで主君を追放し、池田城を支配下に収めた。

　その後、織田家に仕えたが、信玄が上洛すると臣従を誓い、畿内衆の一員として摂津、河内《かわち》で働いた。

　天正二年（一五七四年）には、武田勢の助力を得て伊丹城を攻略、実質的に摂津の全域を支配下に収めた。

　武田家の一翼を担う武将だったが、この半年は距離を置いている。信頼が上洛するように言っても従わず、有岡城を出て新しい城に移るようにという下知も無視しつづけた。

「事の次第を正しく見抜くべきかと」

　光秀は語気を強めた。

「荒木摂津守、すでに別所、毛利と手を結んでいると見るべきです。さもなくば、ここまで強気な態度を取りますまい。

　いきなり攻めてくることはないと思われますが、こちらの意に従うことは、この先ありえないと手前は見ます」

「それでは、返り忠ではないか」

「残念ですが、そのようかと」

「兵衛はどう思うか」
「手前も日向《ひゅうが》殿と同じ見立てで」
賢秀はすばやく応じた。
「摂津守は毛利のみならず、大和の松永弾正とも
つながりがある様子。すでに打ち合わせはすんで
いるものと思われ、河内あたりで仕掛けてくるこ
とも十分に考えられます。うまくありませぬ」
松永弾正久秀は三好長慶《ながよし》の家臣であったが死後
は独立し、信長と手を結んで畿内の制圧に尽力し
た。
信玄が上洛すると真っ先に駆けつけて協力を約
束し、以後は河内や阿波に進出して、武田家に敵
対的な勢力を撃破した。
信玄から直に褒美をもらったほどの人物であっ
たが、今年に入ると武田家から距離を置いて、大
和の信貴山《しぎさん》城にこもるようになった。
興福寺との敵対関係も解消しつつあるようで、
光秀はその動向を警戒していた。
「松永と荒木が手を結ぶことになれば、畿内の情
勢は大きく変わりましょう」
「ならば、まとめて叩いてくれるわ。武田勢の力、
ここで見せてやる」
「それは、うまくありませぬ。戦となれば民の心
が離れます。このところ、畿内でも小さな争い
がつづき、不安が広がっております。ここで大き
な合戦をすれば、たとえ勝ったとしても、武田家
の評判は悪くなりましょう」
合戦になれば、嫌でも民は巻きこまれる。家に
は火をかけられ、村から追われる。
ちょっとした気まぐれで、侍に刺し殺されるこ
ともある。
死体が道端に転がる情景がつづけば、民心は悪
化するわけで、ただでさえ評判がよくない武田家
にとっては最悪の事態と言える。

「わかっておる」

信頼の口調にはいらだちがある。

「だが、放っておくわけにはいかぬ。ここで荒木摂津を抑えることができねば、我が家の力が落ちたと見て、逆らう者はさらに増えよう。

三好も様子見に徹しておるようだし、河内の筒《つつ》井《い》家の様子もおもわしくない。味方といえるのは、丹波の波多野《はたの》だけで、下手をすれば、畿内のすべてが敵となりかねん。手は早いうちに打つべきよ」

「それでは、兵を出すと」

「荒木摂津だけは見過ごせぬ。伊丹の戦では我が方も痛手を受けた。朝比奈信置《あさひなのぶおき》は討ち死にし、真田和泉守《いずみのかみ》も深傷を負った。多くの兵を失ってようやく得た有岡の城。いまさらくれてやるわけにはいかぬ。武田家の威信にかかわろう」

有岡城の攻略には、荒木勢五〇〇〇に武田勢一万が加わった。敵方は四〇〇〇で、文字どおりの死闘であった。

真田和泉守信綱《のぶつな》が負傷したところで総崩れになりかけたが、その弟である武藤佐渡守昌幸《むとうさどのかみまさゆき》が少数の手勢で押し返したことで、かろうじて前線を維持できた。

最後には信頼自らが采配を取って総がかりで突き崩したほどで、無敵を誇っていた武田勢の戦歴には大きな傷がついた。

信頼にとっても武田勢にとっても、有岡城にはこだわりがある。

「今月中に兵を出す。おぬしらは有岡の情勢をよく探っておけ。場合によっては、おぬしらも軍勢に加わってもらう」

「手前どもが出るのですか」

光秀は驚いた。まさか手勢を預けられるとは。

「畿内の先手衆はあてにならぬ。弱いし、すぐに言い訳をして故地に帰ってしまう。その点、おぬしらは違う。戦のうまさは、甲斐勢と大きく変わらぬ。あてにできる」

信頼の言葉は力強い。本気で光秀や賢秀の実力を信じている。

それだけに、いささか心が痛む。

「いつでも動けるようにしておけ。武田の戦は速いぞ。後れを取るな」

信頼の声から、先刻までの憂いが消えていた。戦を目の前にして心が弾んでいる。

武人であるのだから、当然の反応だろうが、そればかりに頼るのはうまくない。

ただでさえ、信頼は武に頼るところがあり、何かあれば兵を出したがる。それは決して望ましいことではない。

「ほかに何かあるか。合戦の前はいろいろと忙しい。今のうちに聞いておきたい」

「でしたら、将軍様のことでいくつか。こちらも早々に解決しておかねばなりませぬので」

「あの方か。まだつづいておるのか」

「さようで」

光秀としても心の弾む話ではないが、やるべきことはやらねばならない。

話を切り出すまで、若干の時を要した。


信頼が書院を去ると、それにあわせたかのように大きく息を吐く音が響いた。光秀が顔を向けると、賢秀が苦笑いを浮かべていた。

「いや、これは失礼。つい、やってしまいました。いささか肩の凝《こ》る話でありましたのでな」

「なんの。先にやってもらって助かった。こっちも同じことができる」

光秀は大きく息を吐き出した。礼儀に反するが、緊張をゆるめるにはやむをえない。賢秀は小さく笑う。

「まあ、ここにはいるのは我ら二人のみ。互いに外様《とざま》で、いろいろと気を使うところもあります故、つまらぬ遠慮はなしにしましょう」

　賢秀はどこか気安いところがあり、話をしていても気楽だ。年下なのに余裕もある。

　真面目一辺倒の光秀とは違うわけで、そのあたりをうらやましく思うこともある。

「少し待たされるようですからな」

「跡部図書様の使いが来ると言っていたな。一刻はかかるであろう」

「それまでは話もできましょう」

　賢秀は笑ったが、それは一瞬のことで、すぐにその口元は引き締まった。

　それだけで何を語りたいのか、見当はつく。

「足利の将軍様、相変わらず面倒ですな」

「ああ。書状をあちこちに出しまくって、戦の仲裁を買って出ておられる。それが、さらなる災いをもたらすとも知らずにな」

　第一五代将軍足利義昭は第一二代将軍義晴《よしはる》の次男で、跡目争いを避けるため幼少の頃に出家していた。

　しかし、一三代将軍が永禄の変で殺されると還俗し、正当な血筋による足利将軍家の再興を目指して奔走した。紆余曲折の末、義昭は織田信長と手を結び、永禄一一年（一五六八年）に上洛、征夷大将軍に任じられた。

　以後、義昭は室町幕府復興のため精力的に活動することになるが、それは信長との関係悪化を引き起こすことになる。

　その結果、武田信玄や毛利輝元《てるもと》、越後の上杉輝《てる》虎《とら》に御内書を下し、自らに協力して信長を打倒するように要請しはじめた。越前の朝倉義景や近江の浅井長政にも話を通している。

元亀年間、織田家が苦戦したのは義昭の意図によるところが大きい。

信玄が尾張に侵攻すると義昭は兵を挙げ、槇島《まきしま》城で織田勢と戦った。信長の降伏により、それは短期間で終わったが、織田家に叛旗を翻したという事実は残った。

信玄が京に入ると義昭はさながら父親のように扱い、丁重に遇した。武田家の意に逆らわぬことを約束し、政に口をはさまぬとも言い切ったのであるが……。

信玄が甲斐に戻ると、すぐさま義昭は各地の武将に御内書を発行し、戦の仲裁を図った。

そればかりか、去年には独断で惣無事令《そうぶじれい》を出し、あらゆる地での戦を禁じ、逆らえば義昭が自ら討伐すると記したのである。

心意気はたいしたものであるが、義昭は現実に兵を持っておらず、実際に動くのは武田家とそれに協力する手勢である。意味がないことは明らかだ。

このふるまいには信玄も激怒し、甲斐から強烈な書状を叩きつけてきた。また、京の信頼も屋敷に乗り込んで説教し、同じことをしたら武田家は京から引きあげると宣言した。

強烈な一撃に義昭は恐懼《きょうく》し、しばらくはおとなしく暮らしていたが、今年の春ぐらいから再び御内書を出しはじめ、夏には九州の戦に口出しをするようになっていた。

「あれは、もう病ですな。どうにもなりませぬ」

賢秀の声は渋かった。

「将軍であることを誇示したいのでしょう。それが幕府の再興につながると信じておられるが、なんと申しますか、役に立たぬどころか、むしろ害悪です。もう幕府などないのですからな」

信玄は義昭の地位を認めたものの、実権を渡すことはなかった。信長の殿中御掟《でんちゅうおんおきて》と同じく、その行動を制約し、勝手に役職を与えることを許していない。

それが信長の時のように対立に至らないのは、信玄の力を怖れているからだ。

さすがに毛利や上杉への御内書でも信玄打倒を申し出ることはなく、少し意見をしてくれまいかという要請があるだけだ。

「うまくないのは御内書が将軍様ではなく、武田家の意志と見られることで。武田家が各国の戦に割って入ると思われれば、いろいろと面倒なことになりますぞ」

「勝手知らぬ他国の戦にかかわることなどできぬであろう」

「向こうはそのようには考えませぬ。下手をすれば、武田家につぶされると考える。その前に手を打とうとするのは、当然のことかと」

「武田を嫌う者と手を取り合うか」

「ちょうど織田家がやられたように、今度は武田家が取り囲まれることになりましょう」

すでに毛利、長宗我部は義昭が発した上洛の要請も断り、敵対する意志を明快にしている。武田家が尼子《あまご》氏を支援していることも、西国大名の警戒心を煽っているのだろう。

九州でも龍造寺《りゅうぞうじ》、島津との関係はうまくない。

東国では北条との関係が悪化している。北条家は上洛の戦いでは背後から支援したものの、武田家が京に上ってからは衝突が目立つようになった。

武田が関東への野心を露わにすると、同盟関係は事実上、崩壊し、いつ戦端が開いてもおかしくない情勢だ。

これに上杉家の動向が加わる。

当主の謙信は信玄の宿敵であり、上洛以後、信玄のふるまいを批難しつづけていた。

京で正義をおこなう旨を語っており、すでに北条と同盟を結び、上野に兵を移動している。

ほかにも佐竹《さたけ》、伊達《だて》が敵対的であり、武田と誼《よしみ》を通じた里見《さとみ》、葦名《あしな》家と激しく争っている。

外からの敵が活発になる一方で、武田領内での騒乱も減ることがない。

二年前には先刻、賢秀が語った大乱が起き、武田家の足元をゆるがした。

いわゆる「近江・美濃の大乱」だ。

斎藤龍興、北畠具教《とものり》、六角義賢らは武田の国割に不満を持ち、それを糾《ただ》す機会をねらっていた。浅井との境目争いでそれは露わになり、一気に騒乱が広がった。

一時は佐和山城を六角が落とし、稲葉山城に斎藤龍興の手勢が迫る事態となった。

急遽、高坂昌信が三河から美濃に進出し、京の信頼の兵も近江に進出した。彼らが時間を稼いでいる間に、甲斐から信玄が進出し、一気に決着をつけたのである。

混乱はいまだ収まらず、近江では国衆が活発に動いている。

「果たして、御館様はいかなるお考えなのか」

「儂もそれが気になる。伝え聞く話すらない。いったいどうなっているのか」

信玄は昨年の六月に甲斐に戻って以来、表舞台に姿を見せていない。

信頼や武田の家臣が上洛を催促しても、なんの反応も見せない。使者は追い返されるし、書状の返事もない。

病ではないようだが、ここまで動きがないと、何かあったのかと思わざるをえない。

信頼はもとより、将軍義昭や公家衆もひどく気にしている。

「あれほどの人物だ。何かねらいがあってのことと思われるが、よくわからぬ」

「まったくで。あの方が上洛すれば、畿内の騒動などたちまち片がつきましょうに」

信玄の権威はすさまじく、姿を見せれば、それだけで抗う武将は戦意を喪失する。

近江、美濃の大乱も、信玄が尾張に姿を見せただけで決着がついた。信玄が京で政を執っていれば、この混乱はなかったかもしれない。

いったい何を考えているのか、光秀にはわからない。自ら混乱を生み出してなんになるのか。

はっきりしているのは信玄の不在で、時代が大きく動き出していることだ。

「果たして、誰が担い手となるのか」

「何かおっしゃいましたか」

「な、なんでもない。独り言よ」

賢秀は訝《いぶか》るような視線を向けてきたが、口に出しては何も言わなかった。

このままならば、いずれ大きな動きがある。

その時に天下に手をかけるのは、誰か。

武田家のままなのか。それとも上杉家か、毛利家か。

あるいは……。

光秀は新たなる客人を待ちつつ、思いを遥かな東の地に向けた。

果たして、かつての主君はこの時をどのように考えているのか。

四

天正四年九月一六日　尾張国勝幡城

「誰か」

呼びかけられて、丹羽五郎左衛門長秀《にわごろうざえもんながひで》は低い声で応じた。

「五郎佐である。通してくれ」

「これは丹羽様、お待ちを」

潜り戸が開いて、肩衣の若侍が出迎えた。

前髪を落としておらず、顔立ちは幼い。

見るからに子供であるが、それでも顔を引き締め、近習としての役目を果たそうとする姿には好感が持てる。

森三左衛門可成《もりさんざえもんよしなり》の三男で、名を蘭丸《らんまる》という。

今年の春に小姓《こしょう》として召し抱えられたばかりで、まだ元服もしていない。

正直、子供を近習に置くのはどうかという声もあがったが、残念ながら今の織田家は人手が足りず、使えるのであれば誰でも召し抱える必要があった。

蘭丸に導かれて、長秀は潜り戸を抜けると館の裏手にまわる。

「気をつけてください。昼間に武田の若侍が入ってきて、さんざんに荒らしまわっていきました。外への抜け穴があるという噂があって、それを確かめるということで」

「またか。姑息なことだ」

長秀は顔をしかめた。

「抜け穴うんぬんは建前であろう。わざとちょっかいを出して、こちらが事を荒だてれば、取りつぶしの口実とする。逆におとなしくしていれば、館で勝手し放題して憂さを晴らす。そんなところであろう」

「御館様もそのように申しておりました。だから、好きなようにやらせておけと」

「それにしても、このような城の奥にまで、武田の者が入ってくるとは」

この先は奥向きであり、家臣ですら許しなく立ち入ることはできない。主人が心を許して穏やかしばらく行くと、若侍が一礼して彼を出迎える。蘭丸の兄である森勝三長可《ながよし》だ。

一九歳と若いが、兄の可隆《よしたか》、父の可成が相次いで討ち死にしたこともあり、早々に森家の当主となった。

伊勢長島で初陣を飾っており、自ら先頭に立って戦う様はすさまじかった。父の跡を嗣ぐにふさわしい若武者だ。

「お待ちしておりました。御館様は奥で待っております」

「武田の見張りは？」

「懐柔しておりますので、ご安心を。今日は清洲《きよす》に出向いて遊んでおりましょう」

「舐《な》められているのは腹立たしいが、今日のところはありがたいな。では、行かせてもらう」

「手前はここで控えております。何かありましたら、お呼びください」

に暮らす場であり、余人が勝手気ままにふるまってはならない。

「なんとも腹立たしい」

「御館様はかまわぬと申しておりました。この城は仮住まい。いずれ捨てるのであるから、何をされてもよいと」

「そうか。さすがだ」

まだ覇気は衰えていない。つまらぬことにこだわらぬのは以前と同じだ。

長秀は狭量な自分を恥じつつ、蘭丸の後についていった。

時は戌《いぬ》の刻（午後八時）を過ぎており、周囲は闇につつまれている。かぼそい灯りだけが頼りで、いささか足元がおぼつかない。

気をつけながら、いつものように奥の引き戸から館に入ると、長秀は長い廊下ゆっくり歩きだした。

長秀はうなずくと奥の間に向かった。引き戸の前で膝をついて声をかける。

「五郎左衛門、参りました」

「入れ」

いつものカン高い声に戸を開くと、板間の上座に主君の姿があった。

櫨染《はじぞめ》の小袖に緑の袴といういでたちだ。髷は荒々しく結ばれていて、陽に焼けた肌とあいまって、若々しく見える。

あぐらをかいた姿は、清洲や小牧山で見せていた姿と変わらない。

織田弾正忠信長は、長秀がつき従うに値する主君だった。今年で四三歳になるが、衰えはまったくない。

長秀はにじって板間に入ると、頭を下げる。

「ご無沙汰しております、御館様。今日は、かような遅い時間に参上つかまつることになり、申し訳なく……」

「つまらぬ挨拶はよい」

いつもと同じ、どこかいらだたしげな声だ。うれしくなって長秀は顔をあげる。

信長は右膝を立て、腕をついて座っていた。瞳はまっすぐに彼に向けられている。相変わらずの眼力で、思わず長秀は背筋を伸ばしてしまう。

これこそ信長だ。武田家の武将には決して見せぬ姿が、ここにはある。

「申せ」

前置きもなく信長が切り出すと、長秀は即座に応じた。

「長宗我部と上杉に送った使いが戻ってきました。我が方に味方するとのことです。事が起きれば、それにあわせて兵を挙げ、武田勢を引きつけてくれると。その間に我らがよって立つ地を手にせよとのことです」

「であるか」

「毛利の使いとも話をしました」

「安国寺《あんこくじ》の恵瓊《えけい》か」

「京で直に会いました。毛利は武田を敵と見ていますが、今のところ、我らに味方する気はないようです。乱を起こしたところで早々に叩きつぶされると見ておるようで」

「であろうな。儂であっても同じように考える」

信長は笑った。凄味のある表情で、長秀は軽く息を呑んだ。

「北条は？」

「話を聞く気もないようで。使いは追い返されました。武田との合戦に備えるのに精一杯のようですな。水軍が動いているという話も聞いております」

「阿呆なことをする。今の武田家に勝てるものかよ」

信長は扇子で自らの首を叩いた。

「甲斐、駿河、信濃だけでなく、尾張、美濃、近江の国衆も動かすことができるのだぞ。うまくやれば、一〇万の兵が用意できよう。とうていかなう相手ではない」

「北条には上杉が手を貸しましょう。それならば……」

「相手は、あの信玄であるぞ。一〇万を率いて相模に乱入すれば、それだけで終わってしまう」

信玄ならば大軍も手足のように扱う。

一つの勝利で、北条勢は内側から崩れて、無惨な最期を遂げるであろう。

「上杉ならばわたりあえるやもしれぬが、数が違う。上野で戦っている間に、北信濃から越後に飛び込んでこられたら手の打ちようがない。謙信のいるところならば互角であろうが、それ以外のところではどうすることもできぬ」

「東国も武田勢の手に落ちると」

「正面から戦えば、そうなる。北条は今、その愚を犯そうとしているわけよ」

信長は冷静に情勢を見ていた。尾張の片隅に追いやられながらも、その視野は広い。

さすがとしか言いようがない。

「武田勢は強い。ならば、まともに組み合うことはせず、その隙を突くよりない。必ず崩れる時が来るわけで、それを待つのが上策よ」

三年前の五月、信長は武田家に臣従した。

信玄を前にして頭を下げたことは事実だ。

しかし、それが仮そめの姿であることは、長秀が最もよく知っている。

信長の心はいまだ天下に向かい、強烈な反撃を加えるべく準備を整えている。

あの時、あえて戦わなかったのは、将兵を手元に残すためだ。

信玄を相手に戦っても勝てない。

無駄に兵を失うだけであり、それでは好機があっても反撃はできない。家臣が討ち死にするようなことになれば、それは織田家の損失になる。

信長が降ったのは、先々を考えてのことだ。

おかげで卑怯者、弱虫と侮られることになったが、本人はまるで気にしていなかった。

武田の将兵に馬鹿にされながらも、信長はこの三年間、準備を進めてきた。

それは確実に成果をあげつつある。

「堺にも立ち寄りました。おもだった商人は、これまでと同様、織田家を後押しすると申しました。今井宗久《いまいそうきゅう》は商いをむしろ増やすとまで申しておりまして、来月にでも人を寄越すとのことです」

「嫌気がさしたか」

「そのようで。武田家は西国の商いには無知のようですな」

武田家は畿内を制すると、堺の商人と会って協力を要請した。もっとも、断れば三万を超える大軍が襲いかかるわけで、答えは最初から決まっていた。

堺商人は武田家との商いを増やすため、代官の受け入れを認めた。

堺の商人は京まで出向いて信玄と会い、今後の方針について語り合った。しかし、良好な関係は長くつづかなかった。

武田家は故国から商人を呼び寄せ、特権的な地位を与えて、堺の商いを牛耳《ぎゅうじ》ろうとした。堺商人は武田家の許可がなければ何もできない状況で、売り上げはたちまち落ちた。

不満に思って陳情しても、武田の武将は故国の商人を身びいきするだけで、彼らの要求を聞こうとはしなかった。むしろ、武田に逆らう不届き者として処罰することすらあった。

津田宗及《つだそうぎゅう》のように信頼の逆鱗《げきりん》に触れ、死罪を申しつけられた者もいる。

一年もすると、堺商人は表向き甲斐商人に従いつつ、裏で全国の大名と結んで、武田家へ反撃する機会をねらうようになった。

その時、真っ先に声をかけてきたのが、織田家であった。

信長は堺商人との関係もよく、商いのやり方もよく知っていた。矢銭《やせん》さえ出していれば、余計な口出しはしなかったので、むしろ、やりやすい相手だった。

二年にわたって織田家は堺商人の支援を受け、準備を整えた。津島には今井家の者が常駐して、信長や長秀と連絡を取っている。

木曾三川の普請に耐えられたのも、彼らの助けがあったからこそだ。

「畿内はしがらみがあってむずかしい。甲斐の猿どもは、それがわかっておらぬ」

「徳政の時は苦労しましたからな」

「ごり押しすれば、どこかがおかしくなる。あまりにも甲斐の商人を引き立てすぎよ。もうまともな商いはできまい」

「ただ、放ってきますと畿内の商いがひどく乱れて、使い物にならなくなるやもしれませぬ。立て直しには時がかかりますぞ」

「それはそれでかまわぬ。連中が平らにしてくれれば、かえってやりやすい」

甲斐商人が武田家の威光を借りて、畿内の商人を追い出せば大混乱となり、商いの道は大きく乱れる。

しかし、甲斐商人が畿内の因習を薙ぎはらってくれれば、空白の地で好き放題できるので、逆にありがたいわけである。

さすが信長だ。勝つつもりで先のことを考えている。並みの将ならば、とっくに心が折れて、自堕落な日々を送っていただろう。

いったい、何がこれほどまでの覇気を支えているのか。

追い込まれても、立ちあがろうとする意志はどこから来るのか。

長秀から見れば驚異だった。

「九鬼志摩守《くきしまのかみ》からも使いが来た。水軍の陣容は整いつつある。もう少しで動かすことができるとな」

「それはなによりで」

九鬼志摩守嘉隆《よしたか》は九鬼水軍の長で、信長が信玄に降ると、それに従う形で武田家に臣従した。

信玄は即座に九鬼水軍を抑えるべく家臣を送ったが、その時点で主力は西に退避しており、武田家にわたった軍船は半分にも満たなかった。

嘉隆は武田家に従う一方で、密かに土佐の長宗我部と結んで陣容を強化していた。

堺商人が手を貸したこともあり、軍船は三年前とほぼ同じで、武田水軍とも互角にわたりあえるはずだった。

苦労の甲斐あって、ようやく織田家の準備は整いつつある。三年前とは比べものにならないほど領土は減ったが、十分に戦うことができる。

「して、いつ兵を挙げますか」

長秀は珍しく踏みこんだ。質問を嫌う信長に、あえて自分の意志をぶつけた。

織田家の当主は、しばし沈黙した。天井を見あげ、動かない。

長秀は待った。彼にとって、それは苦痛の時間ではなかった。

絞りだすような声が響いたのは、灯りがひときわ輝きを増した時だった。

「二年後と見ておる」

「そんなにかかるので」

「かかる」

信長は長秀を見る。

「揺らいでいるとはいえ、武田家は強大。ここで我らが立っても、またたく間につつみ込まれて叩かれる。上杉、長宗我部が動こうとも、おそらく間に合うまい。内から崩すには、なお時がいる」

「………」

「なにより信玄がおる。あやつが健在なかぎり、武田家は揺るがぬ」

「多少は揺れても、かの者が出てくれば、すべてが収まると」

信長はうなずいた。

「されど、信玄は甲斐にとどまったまま動きませぬ。一説には北条との戦に備えているとのことですが」

「先刻、言ったように、信玄が動けば北条などひとひねりよ。動かぬのはわけがあってのこと。それが何か、儂にも見えぬ」

信玄はこの一年、甲斐から動かない。

その事実が一人歩きして、大きな混乱を引き起こしていた。

畿内の騒動も信玄がいないからこそ起きており、おそらく堺商人も信玄が出てくれば、なんの文句も言わずに従うであろう。

「化け物が何を考えているか探っても仕方ない」

信長がふっと口を開く。その表情は硬い。

「今、我らは、やるべきことをやるだけだ。信玄が動けば、その時、考えればよい。備えがあれば非常の成り行きにも応じることができよう」

「さようで」

「行け」

信長が手を振ったので、長秀は頭を下げた。

「では」

「浅井家の件、任せたぞ」

「はっ」

長秀は立ちあがると、一礼して板座敷を出た。

血がたぎる。

信長の覇気に煽られたのか、このまま槍を取って合戦の場に赴きたい気分だ。

まだ自分が衰えていないとわかる。二年後が実に楽しみだ。

武田の武将は、誰も信長の真意に気づいていない。たび重なる乱で弱っているところで蜂起すれば、武将を討ち取ることもたやすい。

そのまま尾張を取り返し、美濃へ出る。それだけの力を織田家は持っている。

二年後なら、信長は必ず勝つ。

長秀は、武田家の武将が驚き焦る姿を思い浮かべつつ、細い廊下を歩んでいった。

第二章　予期せぬ合戦

一

天正四年一〇月三日　美濃国池田郡戸入

冬の冷たい風が吹きつけてきて、滝川彦右衛門《たきがわひこえもん》一益《かずます》は思わず身をすくめた。

武士にあるまじきふるまいであろうが、身体が反応してはどうにもならない。

一〇月に入って三日だが、思わぬ寒さに震える日々がつづいている。

一益が視線を転じると、山の木々が視界に飛び込んでくる。

美濃の山奥に暮らすようになってから三年が経つが、今年は冬の訪れが早いように思える。山に雪が降る前に、仕度を調えておきたいところだ。

一益が屋敷を出て裏手にまわると、足軽大将が手下と何か話をしていた。横には長持《ながもち》が積んであり、荷を改めているようにも見える。

「来たか」

一益の声に、若い武将が振り向いた。堀久太郎秀政《ほりひさたろうひでまさ》である。

かつては信長の小姓を務めていたが、武田家に降った時、一益と行動をともにして美濃の地に逃れた。

落ちのびた時には、まだ若さが見てとれたが苦労を重ねたこともあり、今では立派な侍である。

整った顔だちにも、若さに似合わぬ風格がある。

「これは滝川様、気づきませんで」

「かまわん。それより来たようだな」

「はっ。今井家の者が届けてくれました」

足軽が長持を開けると、新品の鉄砲が現れた。銃身は黒光りしており、自然と目を引きつける。

「玉薬は遅れるとのことです。もっとも、あまり量があっても使うところがございませぬが」

「そうだな」

一益は鉄砲を手に取った。火皿や弾き皿を確かめると自ら構えて、右に左にと銃身を振ってみる。

重さは感じない。前後の釣り合いがうまく取れていて、実に使いやすい。

「手を加えたようだな。火ばさみも前よりよくなっている。これなら、たてつづけに玉を放つこともできよう」

「折を見て、試し撃ちをしましょう」

「雪が降る前になんとかしたいな」

一益は鉄砲を長持に戻すと、屋敷の裏手を離れた。細い道を登っていくと、斜面に屋敷が見てとれた。

農民の家とたいして変わらない広さであるが、手入れは行き届いている。屋根の藁も葺いたばかりで見映えはいい。

下男に挨拶してから、一益は庭に足を向けた。遠縁《とおえん》には顎髭《あごひげ》を生やした男が座っていた。毛皮の袖なし羽織に裁着袴《たっつけばかま》という姿は、さながら猟師のようである。

立髪で、髷の結い方も荒っぽい。

ただ、かたわらに置かれた刀と鋭い眼光が、いまだ戦場に臨む武士であることを示している。

「修理《しゅり》殿」

一益が声をかけると、武士が大きな声で応じた。

「おう、彦右衛門か」

「お話があって参りました。よいですか」

「かまわん。ちょうどいい。茶でも点《た》てよう」

　気さくなふるまいだ。

　今では当たり前だが、清洲や小牧山にいた時にはこのような態度は決して見せなかった。一益と会う時には、上座でふんぞりかえっていたものだ。

　柴田《しばた》修理亮《しゅりのすけ》勝家《かついえ》は道具を引っ張り出すと、そのまま遠縁で茶を点てはじめた。

「慣れた手つきですな」

「まあ、三年もこんなところにこもっていれば、茶を入れるぐらいしか楽しみがない。自然とうまくもなるさ」

　一益が遠縁に座ると、たいして間を置かずに茶碗が出てきた。

「では、遠慮なく」

　作法に反していることを承知で、一益は茶をすする。思いのほかやわらかい味だ。

「いいですな」

「慣れよ、慣れ」

　勝家も茶をすする。豪快だが、無礼ではない。たまに堺から茶人が来るが、その時に教えを乞うたようだ。実に洗練されている。

「今日はどうした」

「堺から鉄砲が届きました。数は五〇。いずれもできたばかりで使いやすそうです」

「ありがたい話だな。これで今までの分とあわせて三五〇か」

「玉薬も乞えば手に入ります。ただ、この数で武田勢と戦うのはしんどいですな」

「向こうは美濃・尾張だけで一〇〇〇の鉄砲を持つ。まともにやりあったら、どうにもならぬ」

「今は耐えるしかございませぬな」

「それはわかっているのだが、あれから三年が経つ。我慢しているのも少々つらい。早く武田の手勢とやりあいたいものよ」

その気持ちは、一益にもよくわかる。先々のことがわからぬまま耐えるというのは、なかなかにしんどい。

一益と勝家は三年前の五月、二〇〇〇の手勢を率いて尾張を離れていた。

表向きは一戦もせずに降伏するなど耐えられないというものだったが、実のところ、彼らの離脱は信長の命令を受けてのことだった。

二人が率いたのは織田衆の精鋭で、姉川の合戦や伊勢長島の戦いでも最前線で戦った。鉄砲の扱いもうまく、規律も高い。

織田家の再興にあたっては中核となるべき手勢であり、なんとしても温存しておく必要があった。

二人は武田勢の追撃をかわしながら、美濃池田郡の山中に居を構えた。

二〇〇〇の兵は近くの村に散らし、同じく身を隠した武将がその面倒を見るという形を取っている。

幸い、池田郡は美濃三人衆である稲葉《いなば》一鉄《いってつ》の支配下にあり、武田勢も好き勝手にふるまうことはできない。兵を入れるには許可がいるし、山に入る時にも稲葉一鉄の家臣がいて、その動きは押さえ込まれていた。

それでも何度か落ち武者狩りにあい、村を焼かれて貴重な兵を失った。一益や勝家は、武田家の暴虐をただ黙って見ていることしかできなかった。

「兵の鍛錬も進めたいですな。いくら鉄砲があっても使えないのでは話になりませぬ」

一益の言葉に、勝家は渋い表情で応じた。

「まだ武田の落ち武者狩りはつづいておる。ここのところ、また厳しくなったようで、大野の奥まで兵が入ったという話も出ている。

馬場加賀守が何やら動いているようだからな。

うかつに動くと危ない」

「大垣の土屋安房も、何やら策を講じているようで。安藤伊賀《あんどういが》殿とぶつかっているという話も聞きます」

「西美濃も無難とは言いがたいな。おぬしはどう見る？」

「修理殿と同じで。いつ武田勢が押し寄せてきてもおかしくありませぬ」

彼らは、三年かけて武具を整えた。

鉄砲は堺から調達したし、弓や槍は稲葉、安藤、氏家の美濃三人衆の協力を得て、数をそろえた。

しかし、あまりにも数が少ない。美濃の武田勢は五万とも言われており、まともに戦ったのではとうてい相手にならない。

「動けば武田勢の思う壺。一年、いや、せめて半年はほしいですな」

「同感だ。なんとか、ここはしのぎたい」

そこまで語ったところで勝家は笑った。子供のような邪気のない笑みだ
「な、なにか」

「いや、おぬしと、このような話をしていることがおもしろくてな。清洲にいた時は、評議の場にいても遠くに離れていた。腹を割って話すことなど、一度としてなかったからな」

「修理殿は、織田家の宿老ですから。恐れ多くて話しかけることなどできませんでした」

勝家は信長の父である三河守信秀の代に仕えており、林秀貞《はやしひでさだ》や佐久間信盛《のぶもり》と並ぶ宿老だった。

かつて弟の信勝《のぶかつ》を奉じて乱を起こし、信長を苦しめたのも、尾張で大きな力を持っていたからこそである。

一方、一益は近江甲賀郡の生まれであり、織田家に仕えたのは信長が家督を嗣いだ後である。

永禄年間に一軍の将となったが、勝家に比べれ

ば評価は低く、織田家での席次も低かった。評議の場で余計なことを言って、何度も叱られた。

結局、伊勢に送り込まれることになったが、それも譜代《ふだい》の家臣と相性がよくなかったためだ。

勝家と気さくに話しあう機会など、一度としてなかった。

「儂は、こうしておぬしと話ができてよかったと思っておる。もし、なにごともなければ、相容れぬまま互いを罵《ののし》るような形になっていたやもしれぬ。いろいろと話が聞けて、ありがたく思う」

勝家が頭を下げたので一益は驚いてしまった。

「顔をあげてください。礼を申しあげるのは手前でございます。腹を割って話をしてくださったおかげで、手前が考え違いをしていたことにも気づきました。

修理殿の御館様への思い、受け取ることができてなによりと考えておりますぞ」

三年にわたる交流で、一益は勝家が織田家のみならず、信長にも強い忠義の念を持っていると知った。かつての反逆を悔やみ、粉骨砕身、信長のために尽くすと言って憚《はばか》らなかった。

一益は、勝家が織田家に割り切れない思いを抱き、距離を置いているのではと思っていたが、それは誤解だった。

信長の天下こそが自らの行き着く先と見ており、その目線は一益と同じだった。

「そう言ってくれるとありがたい。これから先もよしなにな」

「こちらこそ」

一益が先をつづけようとしたが、それよりも早く足音がして小袖姿の若衆が姿を見せた。

勝家の家臣で、徳山村に派遣されていたはずだ。

「なにごとか」

勝家の問いに若衆は膝をついた。

「はっ。今朝方、徳山の南に武田衆が姿を見せました。落ち武者狩りの一団と思われ、今頃は村に着いているものと思われます」

「聞いておらぬぞ。どういうことだ?」

「どうやら稲葉殿に話を通すことなく、勝手に訪れた模様。物々しい様子で、これまでのように話だけ聞いて帰るとは考えられませぬ」

「なんの断りもなく踏みこんだとなれば、稲葉家との騒動は必至。そうまでしてやってきたということは」

「武田勢は本気ということですか」

　勝家の後を一益が継いだ。

　ここのところ、稲葉山城の動きが活発になっていると思っていたが、いきなり兵を出してくるとは。

「彦右衛門、村の連中に声をかけろ。儂もすぐに行く」

「心得ました」

　一益はぱっと走り出す。

　冷たい冬の風も気にならない。

　まだ早い。武田勢と事をかまえるには、時が満ちていない。なんとかここはしのぎきりたいところだが、果たしてどうなるか。

二

天正四年一〇月三日　池田郡徳山

「だから、織田の者など知らぬと申している」

　毛利新左衛門《しんざえもん》良勝《よしかつ》は胸を張って、思いきり声を張りあげた。

　ここで侮られるわけにはいかない。踏みこまれたら、それでおしまいだ。

「手前は玉野井《たまのい》三太夫《さんだゆう》。この山手村で世話になっておる浪人よ。故あって主はおらぬが、立派な士分である。その儂がいないと言うのであるからおりはせぬ」

「おぬしの言葉など、どうでもよい。我らは、馬場加賀守様から検分をしてくるように申しつけられただけのこと。邪魔をするのであれば、斬り捨てるぞ」

武田の将が声を張りあげた。

馬上で彼を見おろす相手は、すでに具足を身につけており、兜さえかぶれば合戦の場に飛び込んでいける格好だ。

名は内藤玄蕃《ないとうげんば》。馬場加賀守の家臣であることは明らかにしている。

内藤の背後には、三人の将と五〇人の足軽が並んで、彼らの話を聞いていた。

足軽は長槍を持ち、内藤が声をかければ、いっせいに村に飛び込んでいくだろう。

それは、あまりにもうまくない。

今日は村の北にある窪地で、武具の手入れをおこなっている。弓矢に大刀、さらに鉄砲も並べており、鉄砲の試し撃ちや槍を使っての教練も実施するつもりだった。

武田勢が来たと知り、すぐ隠すように命じたが量が多く、とても間に合わない。

今少し時を稼ぐか、ここで追い返す必要がある。

良勝の背筋を冷や汗が流れる。

桶狭間で今川義元に打ちかかった時も、これほど緊張はしなかった。太刀筋を見て冷静に襲いかかり、首を取ることができた。

指を喰われたのは意外だったが、それでもなんとか耐えることができた。

それが今は、足が震えそうなぐらい緊張している。震えを抑えるので精一杯だ。

良勝は内藤玄蕃をにらみつけた。

「ここが稲葉様の土地であることは承知しておろうな。勝手に足を踏み入れたとなれば大事。おぬしが腹を切るだけではすまぬぞ」

「話はとうにしておる。ただ、稲葉の馬鹿が言を左右にして、版図に入るのを拒んでいただけのこと。美濃は武田の地よ。情けで領地を与えられているだけとわからぬのか」

「その言葉、本人の前で言えるのか。美濃はもともと稲葉様の地。武田家が本領を安堵《あんど》したのであるから、余人が勝手に踏みこむことは許されぬ」

良勝は思い切って前に出て、内藤玄蕃を見あげる。

「それとも我らと一戦するか。さすれば、稲葉と武田の戦いになるが、よろしいのか」

「望むところ。村の一つや二つ、焼き払ってもよいと言われておる。おぬしらが贄《にえ》になってくれれば、この先、やりやすい」

内藤玄蕃の目に殺気が走る。

まずい。これは本気だ。

良勝が横目で見ると、ひるむ村民の姿が視界の片隅に映る。

徳山村には稲葉一鉄の口利きで、織田勢二〇〇が暮らしている。村はずれに長屋を建て、村民の仕事を手伝いつつ、蜂起に備えて鍛錬を積む日々だ。

良勝の背後には三〇名の男が控えているが、そのうちの二〇人はただの村民だ。

織田の兵は一〇名しかおらず、しかも脇差を腰に佩《は》いているに過ぎない
槍と馬が相手では、たちまち蹴散らされてしまうわけで、それがわかっているから村の者はひどく恐れており、このままでは余計なことを口走りかねない。

良勝は意を決した。

「あいわかった。では、村に入るがよい。好きなように見てまわってかまわぬ」

「端《はな》からそのように言えばよいのだ」

「手前どももついていくが、よいな」

「ああ、好きにしろ。おい」

内藤が声をかけると、半分の将兵が彼につき従って村への道へ入った。

「残りの連中はどうするのだ」

「おぬしが気にすることではない」

残った若い将は、二〇人あまりの足軽を引き連れて、山を登る道に向かった。

「あっ、向こうは……」

「なんだ、どうした?」

「い、いや」

まずい。あの先は戸入だ。

池田郡における織田の本陣であり、発見されたらすべてが終わる。

良勝はあわてて口を開いた。

「申しわけないが、あの先は夏の大雨で、道がふさがっておる。通り抜けはできぬ」

「あの先には村があったと聞いている。その者たちはどうしている?」

「たまに姿を見せるだけよ。いったい何をしているのか」

「だったら、この目で確かめるだけのこと。おい、行ってくれ」

武田勢は並んで山を登りはじめる。

良勝は逡巡した。どう言い訳していいのかわからない。

とにかく、ここは止めねば……。

「わかりました。手前どもが案内しますので」

「手出しは無用。おぬしらは……」

内藤玄蕃が声を張りあげた時、突如、乾いた音が響いた。

間を置いて、奥の足軽が膝をついた。そのまま前のめりに倒れて動かない。

血溜まりが広がって、大地を濡らす。

「なにごと！」

「鉄砲、鉄砲です」

武田の足軽が絶叫して左右を見回す。

「やられました」

「おぬしら！」

内藤は良勝をにらみつけた。

「やはり織田家の残党か。ここに隠れていたとは。稲葉一鉄もぐるか」

「いや、それは……」

「申し開きはよい。鉄砲で我らを撃っておいて、何を言うか」

露見した。

いったい誰が撃ったのか。もう少し我慢してくれれば……。

いや、内藤は村を徹底的に調べるつもりだった。ごまかすのは無理だったかもしれない。

「ここに至っては、やむなし」

「なにを！」

「皆の者、討ち取れ。武田勢を一人も逃がすな」

良勝は大刀を抜くと、内藤の足を突き刺した。

悲鳴があがり、血で栗毛の馬が染まる。

良勝の部下も武田勢に襲いかかり、またたく間に三人、四人と斬り伏せていく。

「おのれ！」

内藤玄蕃が刀を抜くが、それが迫るよりも早く良勝は足に組みついて、馬から引きずり下ろしてしまう。

「内藤様を助けろ」

武田家の将兵が駆けよってくる。

再び銃声が響いて、足軽が倒れる。

戦いははじまってしまった。もはや止められない。

良勝は大刀を振るいながら、武田勢と織田勢がぶつかる様を見つめていた。

三

天正四年一〇月一一日　美濃国大垣城

土屋安房守昌続は荒々しく腰を下ろすと、板敷を見おろした。

二人の武将が横に並んで、頭を下げている。

一方は素襖の上からでも細身であることがわかる。頬の肉は落ちており、髪は白い。

もう一人は雄大な体格で、平伏しているにもかかわらず、威圧感をおぼえる。

髪は抜け落ちてしまい、髷を結うこともできないが、それがかえって迫力を与えている。

対照的な二人であるが、周囲に漂う空気は同じである。不遜としか言いようがない。

武田家への敬意は乏しく、そのあたりが昌続の癪《しゃく》に障る。

「面をあげよ」

声をかけると二人は同時に顔をあげて、正面から昌続を見すえた。

眼光は鋭い。それは戦場に立つ武将にしかない。

昌続は腹に力を入れて、先をつづける。

「稲葉以斎、ならびに安藤伊賀。なにゆえ、ここに呼び出されたかわかったおるな」

「さて、なんとも。手前どもに心あたりはございませぬな」

稲葉一鉄は大きな声で応じた。

「城の周囲は穏やかで、民は心地よく過ごしております。冬の寒さがいささか堪《こた》えますが、それとて耐えられぬほどではございませぬ。

武田家のおかげで、大変、静かな日々を過ごしておりますぞ」

もう一人の武将、安藤伊賀守守就《もりなり》は無言だった。

細身なのに鋭い刀のような迫力を漂わせている。

さすがに、かつて美濃三人衆と言われ、斎藤家、織田家で絶大な力を振るっていただけのことはある。威圧して屈服するような連中ではない。

ならば、正面から突破するよりあるまい。

自分も武田家の将であり、大垣城を与えられている。近江から美濃につながる交通の要衝を任されている。ここは信玄の信頼に応えねばならぬ。

「では、問おう。八日前、武田の兵が落ち武者狩りに向かったきり姿を消した。いまだなんの知らせもなく、気になっておる。おぬしら、心あたりはないか」

昌続が見ると、一鉄はわざとらしく腕を組み、首を振った。

「ございませぬなあ。武田勢が落ち武者狩りをするのであれば、先触れがあるはず。手前は何も聞いておりませぬ故、端から来ておらぬと考えておりますが」

「それについては、申し訳なく思っている。我らは池田郡で落ち武者狩りを進めていた。谷間の村に織田勢が隠れているという噂があったのでな」

「さようで。手前は何も聞いておりませぬが」

一鉄は露骨にとぼけてみせた。やはり事の次第はつかんでいるらしい。

昌続は顔をしかめて守就を見た。

「おぬしはどうだ？　安藤伊賀、この件について何か聞いていないか」

「まったく何も」

ぼそりと守就が応じる。

「手前どもは、武田様によって所領が大幅に削られましたので、隅々まで目が行き届くようになっております。万が一にも見逃すようなことはございません。武田の兵は一兵たりとも入ってきておりませんので、ご安心を」

「ぬけぬけとよく言う」

昌続は守就をにらんだ。

「所領が減ったのは、織田家に仕えていたからよ。本来、取りつぶしになるところを情けで残してやったのだ。むしろ、ありがたく思ってほしいものだな」

「我らが所領は先祖代々、懸命に力を尽くして手に入れたもの。余計な口出しは無用に願いたい」

守就の後を継いで一鉄が口を開く。

「百歩譲って、所領が削られたのは受けいれよう。されど、その後、功績があったのになんの報いもなく、放っておかれた。他の者が加増されているのにな。それはいかがなものか」

一鉄が昌続を見つめる。眼光はさらに迫力を増している。

美濃三人衆は信長とともに武田家に降ったが、その時に大幅に所領を失った。三人で池田郡、大野郡、そして不破郡の北半分を分け合う形になり、三人衆の一人である氏家卜全《うじいえぼくぜん》は本拠であった大垣城から追い出されている。

その後は美濃で平穏に暮らしていたが、近江・美濃の大乱が起きると、三人衆は求めに応じて積極的に兵を出した。美濃では斎藤家の残党と渡り合い、近江に進出して六角家とも戦った。

三人衆が不破関をしっかり守ってくれなかったら、大垣が陥落していた可能性もあり、乱の鎮圧には大きな役割を果たした。

当然、彼らは恩賞を期待したのであるが、斎藤家の旧領は武田家の家臣に与えられ、三人衆はわずかな金銭を与えられただけで終わった。

それ以降、三人衆と武田家の関係は悪化し、今年の春には大野の北で境目争いが起きていた。

微妙な情勢であることは確かだが、昌続としては強い態度で臨むしかなかった。

美濃三人衆は戦国の世を生き抜いてきた強者《つわもの》であり、隙を見せればつけ込まれる。

今回、落ち武者狩りをあえてやったのも、武田家の権威を示すことが目的だった。

一鉄はここのところ昌続の意向に反して、年貢の徴用ですら滞りがちだった。畿内への出兵も言を左右にして認めないばかりか、大垣城に挨拶に来ることすら稀になっていた。

一鉄を押さえつけるためには、武田家がいまだ強大であることを示すしかなかった。

昌続は大きく息を吸った。

これより先は一歩も譲れぬ勝負となる。腹をくくらねばならない。

「恩賞がなかったのは、それにふさわしい働きがなかったからよ。励め。さすれば、御館様も認めてくれよう」

「どこまでやればよいのか。上杉、北条を叩きつぶすまで。それとも畿内の敵を薙ぎはらって、西国に攻め入るまででございますか」

「それは、我らが決めること。勝手に口出しすることはあいならぬ」

「好き放題に使われて、最後は塵芥《ちりあくた》のように掃き出される。そのような生き方は御免ですな。武士としては、あまりにも情けない」

「では、我らに逆らうか」

「必要とあらば」

一鉄はもちろん、守就もひるむ様子は見せなかった。背筋を伸ばして朗々と語る姿には、覚悟が見てとれる。

「本気か。家をつぶすのか」

「これ以上の無法を言い付けるのであれば。我が家に断りなく、勝手に兵を入れて、落ち武者狩りをするなど言語道断。とうてい認められることではありませぬ」

「織田家の残党が隠れていてもか」

「そんなことはどうでもよろしい。断りもなく立ち入ったことこそ肝要。我が家を侮ることにほかなりませぬ」

昌続は一鉄の気迫に押されていた。

相手はあくまで正論を語っており、それを押し返すには虚勢では足りなかった。

「勝てるのか。美濃には五万の軍勢がおる。今の三人衆では一万がせいぜいであろう。数で押しきられるのは目に見えている」

「勝てずとも名は残りましょう。このまま朽ち果てるよりはましかと」

なおも一鉄は押してくる。すさまじい迫力だ。

さすがに昌続は迷った。このまま押しきって西美濃での乱を覚悟するか。それとも、うまくなだめてこの場をしのぐか。

強気で押してきた以上、方針転換はうまくない。

それでも畿内で乱が頻発している情勢で、美濃が混乱するのは避けたい。

「迷っておられるようで」

守就が割って入る。その口元に笑みがあった。

それを嘲《あざけ》りととって昌続は立ちあがった。

「ならば、よし。おぬしたちはここで……」

彼の言葉は、引き戸の向こう側から響く足音によって遮られた。

誰かが遠縁を駆け抜けている。

ひどく無礼な振る舞いであり、普段の昌続だったら激怒するところだ。

しかし、これは……。

「申しあげます」

引き戸が開いて、昌続の家臣が飛び込んできた。

すぐに膝をついて話を切り出す。

「大野の北に軍勢が現れた由にございます。数はおよそ二〇〇〇。すでに我が砦を囲み、さかんに矢を撃ちかけているとのこと」

「なんだと」

「草深《くさぶか》のあたりでも動きがあり。小競り合いが起きているという知らせも届いております。我らの知らぬ兵が動いているのは確かかと」

兵が動いている。しかも二〇〇〇とは。

昌続は二人をにらみつけた。

「おのれ。おぬしら、知っておったな」

「なんのことやら。二〇〇〇の兵が動きましたか。大変でございますが、武田勢は大軍とのこと。あっさり叩いてくれるのでしょう」

一鉄は笑った。それが無性に腹立たしい。

「動いたのは氏家か。それとも織田勢か」

「案外、不破の残党かもしれませんぞ。ひどい扱いをしましたからな」

不破河内守光治《みつはる》は安八郡西保《にしのほ》の城主だった。斎藤家に仕えていたが、三人衆と時を同じくして織田家に鞍替えした。

その後は織田家の馬廻《うままわり》として伊勢、近江で戦い、叡山の焼き打ちにも参加している。

武田家に降ると、信頼の配下として畿内で戦っていたが、近江・伊勢の大乱の折、鎮圧のため近江に投入され、六角勢と戦って敗れた。

最期は味方にも見捨てられ、無理して打って出たところを串刺しにされた。

この時、子の直光《なおみつ》も討ち死にし、不破家は断絶となった。

無惨な最期には、昌続の心も痛んだ。

光治を見捨てたのは武田の将であり、自分の身を守るための行動だった。

不破の残党は多くが美濃三人衆の配下となった

が、浪人となっている者も多い。

「あの者たちが手を貸しているのか」

昌続は手を握りしめた。

「おぬしらは、すべてを知ったうえで来たのか」

「なんのことやらわかりませぬな。手前どもは安房様に呼び出されたから参上しただけのこと。大野のことなど頭をかすめもしませんでした」

「とぼけおって。このまま引っ捕らえて、ここで首を刎《は》ねてもよいのだぞ」

「どうぞ。お好きなように」

口を開いたのは守就だった。

「我らが帰らねば、伏兵が動く。大垣城は取り囲まれ、あたりはたちまち火につつまれましょう。馬場加賀守が姿を見せる前に城は落ち、おぬしは腹を切ることとなるが、それでもよいのか！」

守就は一喝した。

すさまじい覇気だ。これほどの情念をどうやって隠していたのか。

昌続は老将を見おろした。

その視線は、二人が一礼して立ちあがるまでの間、切れることはなかった。

四

天正四年一〇月一一日　美濃国不破郡大野

「押し返せ。ひるんではならぬぞ」

氏家卜全は声を張りあげて、馬を前に出した。

本陣で座っている場合ではない。自ら前に出て采配を取らねば、突破されてしまう。

武田勢は左翼から襲いかかってきた。

騎馬が五〇に足軽が一五〇といったところだ。

強烈な打撃を受けて、味方の陣形は大きく崩れつつある。

不破勢もよくやっているが、さすがに東国の騎馬武者は強烈だ。

「鉄砲を出せい！」

使番が戦場に飛び込み、太鼓が激しく鳴り響く。

鉄砲足軽の一団が前進して横陣を組んだ。わずか一〇〇であるが、卜全にとっては切札だ。

足軽大将が手を振ると、鉄砲がいっせいにうなり、武田の前面に玉がばらまかれる。

二騎が馬から落ち、三騎が煽られて後退する。

しかし、残りはさらに味方を攻めたて、陣地を切り崩していく。

「くそう。さすがに武田の騎馬。鉄砲ごときでひるみはせぬか」

馬は轟音に慣れているようで、ひるむことなく戦場を駆け抜ける。

「されど、ここで引くわけにはいかぬ。意地がある故な」

氏家卜全は稲葉一鉄、安藤守就と密かに連絡を取り、北方に兵を集めていた。

落ち武者狩りの件は、いずれ表沙汰になる。

その時には一鉄だけでなく、他の二人も処罰の対象になるはずで、なんらかの手を打っておく必要があった。

一鉄と守就が土屋安房に呼び出されたところで、卜全は覚悟を決めていた。

兵の一部を繰りだしたところで武田勢に発見され、卜全は大野の武田砦に攻めかかった。

当初は優勢であったが、援軍の一〇〇〇が姿を見せると流れが変わった。

武田勢二〇〇〇に対して、卜全の手勢は一〇〇〇に過ぎない。

騎馬武者で劣り、鉄砲も少ない情勢では五分に戦うことすらむずかしい。

卜全は兵をまとめて魚鱗《ぎょりん》の陣としたが、武田勢は大きく両翼を広げて、味方をつつみ込もうとしている。先鋒が後方にまわり込んできたら、おしまいだ。

卜全は馬を出して、劣勢の左翼に向かう。

「鉄砲、退くな。放てえ！」

「父上、何をなさっているのですか」

突然の声に横を見ると、黒の胴丸に赤の袖、同じく赤の佩楯《はいだて》に、派手な金の籠手と臑当《すねあて》をつけた武将が現れた。

面当をしていないこともあり、顔はしっかり見てとれる。卜全の息子の氏家左京亮直通《さきょうしきなおみち》だ。戦場の熱気に煽られ、顔は真っ赤である。

「本陣にお戻りください。ここは手前が」

「何をぬかす。ここまで押し込まれては、本陣も何もないわ」

卜全は一喝した。

「鉄砲で武田の手勢をくじき、逆に押し込んでいくしか手はない。手持ちの兵をすべて叩き込んでこそ、道が開けてくるというもの」

「されど、もしものことがございましたら」

「その時はその時のこと。天命が尽きたと考えて素直にあきらめるわ。武田を相手に討ち死にするのであれば、本望である」

武田家には恨みしかない。

大垣の城を失ったばかりか、いいように手勢を使われて、大きな痛手を受けた。

美濃・近江の大乱では有望な家臣を多く失い、家中は大きく揺らいだ。

土屋昌続は、さながら卜全を家臣のように扱い、失策があれば容赦なく叱りつけてきた。そのたびに腸《はらわた》が煮えくりかえる思いを抱いた。

「あんな若造に好き放題させるものか。美濃の地は儂らのものだ。武田にくれてやったわけではない」

「手前も同じ思いです。ですから、ここは下がってください。父上を失えば、氏家家は消え去ります」

「おぬしがおればなんとでもなる。儂はあくまで戦い抜くぞ」

喚声があがり、武田勢が突破してきた。

騎馬武者に代わって、足軽が隊列を組んで前進してくる。手には長槍がある。

味方の動きは遅く、うまく武田の足軽勢に対応できない。

「ええい、何をしているか」

「父上、お待ちを」

「おぬしは本陣へ行け！　あとは任せたぞ」

卜全は馬を駆って、前線に向かう。

すでに彼我の槍は正面から打ち合っている。

武田勢がそろって穂先を突き出しているのに対して、氏家勢は隊列をうまく整えることすらできない。

突き崩されて次々と足軽が倒れていく。

砂埃があがり、視野が狭まる。

高まる喚声が戦いの激しさを示している。

「どうするか？」

下がるか。

いや、ここまで押し込まれては、一町の後退すら困難だ。武田騎馬は強烈で、隙を見せればたちまち氏家勢を蹂躙《じゅうりん》するだろう。

だが、このまま踏ん張っていても、兵を削られるだけで、いずれはやられる。

そろそろ大垣の武田勢が動いてもおかしくないわけで、その前に決着をつけたい。

卜全は長く合戦の場に立ってきたが、これほど苦しい思いをしたのははじめてだ。

かつては斎藤家の武士として、ある時は織田家と、またある時には近江の浅井家と渡り合い、自ら生きる道を切り開いてきた。

大垣も一度は織田家に奪われたが、自ら前線に立って戦い、取り戻したのである。

西美濃の大地には、卜全のすべてが詰まっている。手放すことはできない。

卜全は激情にかられて馬を出す。

しかし横からの馬に突如、行く手を遮られて思わず馬首を返す。

「そこにいるのは、氏家家の主と見た。儂は武田家中、小原源太左衛門。武田家に矛を向けるふるまい、許せぬ。死して詫びを入れよ」

「ふざけるな」

「逃がさぬ」

小原は半槍を振るって、卜全の行く手をふさいだ。

切っ先が袖をかすめる。

卜全が馬を下げると、さらに槍が襲いかかる。

家臣の足軽が卜全を助けようとするが、武田の足軽に槍で突かれて、その場に崩れ落ちてしまう。

卜全は半槍で小原に仕掛けるも、軽々と弾かれてしまう。

敵は若く勢いに乗じている。

武田勢は優位に立っており、小原の周囲には次々と味方が姿を見せている。

悲鳴があがって、武者が馬から落ちる。

卜全の家臣で、彼を助けに来るところだった。

「なんとか下がらねば……」

手綱を振って、卜全は右に馬首を向ける。しかし、その先には小原がすでにまわり込んでいた。

強烈な槍が肩をつらぬく。悲鳴をあげてよろめくと、小原が馬を寄せてきた。

「その首、もらった！」

小原の頭上で半槍がまわる。

しかし、必殺の一撃が卜全の身体をつらぬくことはなかった。

横からの一撃が半槍を見事に弾き飛ばした。

「やらせるか！」

黒い甲冑が風のように現れて、卜全の横に並んだかと思うと、槍を突き出す。

あまりのすさまじさに、小原は馬を下げることさえできず、咽喉元をつらぬかれた。

そのまま声をあげることなく、地面に崩れ落ちる。

「怪我は浅いですぞ、ご老体」

髭だらけの武将が笑いかけてくる。

銀の脇立には見おぼえがある。何度となく合戦をともにした仲だ。

「おぬし、柴田修理か」

「加勢に参りましたぞ。なにやら苦労しているようでございますな」

勝家のふるまいは以前と変わらない。不遜で、傲慢だ。

だが、今はそれがなんとも心地よい。

思わず卜全も笑う。

「なんの。おぬしごときの力は借りぬ。我らが手勢だけで叩きつぶしてみせようぞ」

「その心意気はよいが、先々のことを考えると、兵を失うのは避けとうございます。ここはともに戦い、早々に武田勢を蹴散らしましょうぞ」

先があるのか。

ここで武田を追い払っただけで終わらず、新しい道を切り開くことができるのか。

少なくとも、勝家はそこを見据えている。

ならば、ここは従うのみ。

意地だけで兵を動かしたわけではない。

「よし。押し返せ。織田勢と力をあわせて、武田を打ち破れ」

卜全の声に味方が唱和する。

戦いの流れは大きく変わっていた。

五

天正四年一〇月一一日　不破郡大野

滝川一益は血がたぎるのを感じた。

三〇〇〇の兵がぶつかる戦いを見て、手綱を取る手にも力がこもる。

そのまま槍の打ち合う戦場に飛び込みたいところであるが、一軍の将として、それは許されない。

情勢を見て、一益は声を張りあげる。

「武田勢の右が崩れておるぞ。押せ。槍で突きかけろ！」

左翼の長柄衆《ながえしゅう》が前に出て、槍を突きたてた。

掛け声にあわせて前進すると、押されるようにして武田勢がじわじわと後退する。

頭を叩かれて、足軽がつづけざまに倒れる。

あわてて騎馬武者が飛び出してくるが、その行く手を味方の騎馬が食い止める。

堀秀政の手勢で、槍をかざして巧みに乱戦に持ちこむ。

砂煙があがり、喚声が周囲に広がる。

武田騎馬の動きはさすがに速かったが、秀政もそのあたりはよくわかっており、まともに正面から戦うことはしない。

横合いから馬を寄せて、敵の手足をねらう。

武田騎馬が馬首を返すと、今度は別の騎馬が寄せてきて、槍で攻めたてる。

うまく敵の動きを抑えて、時を稼いでいる。

その間に槍足軽は押して、武田勢の左翼に大きな穴を開けた。

翼を伸ばし、氏家勢をつつみ込もうとしていたのであるが、それを途中で引きちぎったのである。

武田勢は明らかに動揺していた。

「それ、そこよ。押せ。一気に勝負をつけるぞ」

一益が采配を振ると、右翼の味方がさらに前進していく。

堀秀政の手勢は武田勢を打ち破って、さらに前に出ており、敵の本陣に迫る勢いだ。

合戦は激しさを増す一方であり、中途半端に手を打ってはかえって悪い結果につながる。ここは押しきるだけだ。

一益は徳山村での顚末を知って、もはや自らの存在を隠しておくことはできないと判断した。

今度は二倍、三倍の武田勢が姿を見せるだろう。いつまでも支えきれるはずはなく、どこかで武田の大軍に撃破される。

それならば、余力のある今のうちに打って出るしかない。

この情勢ならば、美濃三人衆も力を貸してくれるはずで、またたく間に叩きつぶされてしまうこともない。

一益は決断を下し、勝家にその旨を告げた。

彼もまた同じ意見で、早々に山を下ることに賛成した。

二人は使いを出し、兵をまとめると、一〇月一〇日には池田を出立した。

大野での騒ぎを知ったのは、わずか二刻前だ。

まさか、このようなことになっているとは思わなかったが、一益はためらうことなく加勢を決め、二〇〇〇の兵を叩き込んだのである。

織田の兵は、たちどころに武田勢を破った。

彼らは三年半にわたって山にこもっていたので、戦いに飢えていた。

すぐにでも手柄をあげたいと思っていたところに戦場があれば、自然と飛び込んでいく。

しかも相手は武田勢だ。恨みつらみのある相手で、容赦などするはずもなかった。

強烈な一撃で、武田勢は総崩れだ。久々の勝利は目の前にある。

一益は興奮を抑えきれず、馬を出した。

やはり前線に立たずにはいられない。

血と火薬の匂いの立ちこめる場でこそ、自分は生きていける。政《まつりごと》など正直なところ、どうでもよい。

一益は従者を引き連れて、声が飛びかう大地を駆け抜けた。敵将が下がっているのを確認したところで、馬を止める。

「貸せ」

それだけで、従者は鉄砲を差し出す。すでに玉は込められており、火種の準備もできている。

一益は馬上で鉄砲を構えた。

敵将との距離は、およそ半町。

息を詰め、ねらいをつける。


美濃の山奥にこもっていた間も、鉄砲の修行は絶やさなかった。

一益は鉄砲が好きで、鉄砲が畿内に入るとすぐ手に入れ、好きなようにいじくっていた。山にひと月もこもって、獣を撃っていたこともある。

信長が一益に興味を持ったのも、彼が鉄砲の達人だったからだ。

信長は新しい武具にいつでも関心を持っており、鉄砲を持っていることを知ると、しつこいほどに尋ねてきた。それがきっかけで、織田家での一軍の将としての地位を確保できたのである。

今さら鉄砲を手放すことはできない。

一益はすっと息を吸うと、銃爪《ひきがね》を引いた。

乾いた音がして、玉が放たれる。

武田の武将は顔を撃ち抜かれて、馬から落ちた。

わっと声があがり、織田勢に勢いがつく。

一益は従者に鉄砲を渡すと、さらに前へ出た。

「さあ、押せ。ここが勝負どころぞ。一気に叩きのめしてしまえ」

織田の足軽が押し切り、武田の左翼は崩壊した。騎馬武者も前進して、次々と武田勢を討ち取っていく。

決着はついた。あとは勝ちきるだけだ。

六

天正四年一〇月一四日　稲葉山城

馬場信春は、手を握りしめながら使番の報告を聞いていた。

「西美濃の乱は広がる一方です。すでに北方、本郷の砦は落ち、大垣にも三〇〇〇の手勢が押し寄せております。敵の一部が不破関に出たという知らせも入っており、この先、どうなるか皆目、見当がつかぬかと」

使番は大垣詰めの日向宗立《ひなたむねたつ》だった。長く武田家に仕えていて、上洛の戦いでは織田の武将を討ち取る戦功をあげた。

戦には慣れているはずなのに、ひどく動揺しているのが見てとれる。それだけ乱の広がりが速かったということだ。

「わずか三日でここまでとは。信じられませぬ」

跡部勝忠が顔をしかめた。尾張から打ち合わせのために来ており、ちょうどよいので、宗立との評議にも立ち合ってもらった。

「相当に前から仕度を調えていたのでしょうか」

「だろうな。連中は三年という時をかけて、武具を集め、兵を鍛えて、頃合いを見計らっていた。見事落ち武者狩りがきっかけであったのだろう。見事に仕掛けてきた」

「美濃三人衆も力を貸していたと」

「間違いなくな。さもなくば、これほど手際よく兵を挙げることはできまい」

乱の中心にいるのは、織田勢だった。

柴田勝家、滝川一益、毛利良勝が率いる二〇〇〇の軍勢が大野に進出、氏家卜全の軍勢を助けて武田勢と衝突した。

勝利を収めると織田勢はそのまま南下し、稲葉、安藤の手勢と合流して大垣周辺の砦を包囲、またたく間に落とした。

一方、大垣の南方では不破光治の残党が動いて、武田勢の動きを封じた。

これにあわせて国衆がいっせいに立ちあがり、西美濃の騒乱は信春の予想を超えた速さで広がった。

「加賀様、いかがなさいますか」

勝忠は信春に顔を向けた。

彼らが話をしているのは、稲葉山城の広間である。他の者は出払っていて、三人だけで顔をあわせる格好になっている。

乱の影響を受けて、城はざわついていた。

小姓が慌ただしく遠縁を行き来し、若手の武将が自ら馬を駆って城下に出る。

奥向きでも不安の声があがっており、信春が自ら顔を出したほどだった。

「このままでは、美濃国そのものが揺らぎましょう。山縣や本巣郡の北でも不穏な動きがあると聞きます。賀茂の遠山家もあまりよい噂を聞きませぬ。早めに食い止めませぬと」

「わかっておる」

武田の仕置きに不満を持つ国衆は多く、美濃三人衆が動いたとなれば、呼応する者はかなりの数にのぼるだろう。井之口のまわりでも騒動が起きるかもしれない。

一〇〇〇や二〇〇〇の兵ならばどうということ

はないが、不満を持つ大名が動けば、混乱はさらに大きくなる。

近江・美濃の大乱に匹敵する事態に陥ることもありえる。

「やむをえん。西美濃の敵を叩く」

信春は断を下した。

「まずは井之口の七〇〇〇をまわして、大垣との道を開く。そのうえで後詰めとして、さらに五〇〇〇をまわして、織田勢と美濃三人衆をつぶす。今のところ、敵の数は少ない。大垣の手勢が加われば、互角以上に戦うことができよう」

「はっ」

「岩村の秋山殿にも使いを出す。井之口を守ってもらわねばならぬからな」

「尾張の穴山殿はどうなさいますか」

勝忠の言葉に信春は即座に答えた。

「もちろん加勢していただく。五〇〇〇を送ってもらえば、十分であろう」

「近江はどうさないますか」

「捨て置く。不破関がどうなっているのかわからぬ。山越えとなれば、使いの往来には時がかかろう。かまっているゆとりはない」

近江には山県昌景がおり、彼なら近江に騒動が広がっても、うまく立ちまわるはずだ。京からの援軍も期待できるので、大きな問題は起きない。

「今は美濃、尾張の手勢で乱を治める。昼過ぎにでもここで軍議をおこない、その旨を伝える」

信春は宗立に事の次第を言い含めて、大垣に戻るよう命じた。宗立は青ざめた顔で話を聞くと、頭を下げて奥の間から立ち去った。

「では、手前もこれで」

「待て」

信春は、腰をあげた勝忠に声をかけた。

「何か」

「いや、そうだな……」

ためらった末に、信春は話を切り出した。

「弾正忠は、この件についてなんと言っておる」

「聞いておりませぬ。知っているとは思われますが、表立って騒いでいることもないようで」

「この件にかかわってはおらぬと」

「今のところは」

信春は、しばし口を閉ざす。しかし、それは彼方で鳴いたモズの声が消え去るほどの間でしかなかった。

「よし。跡部九郎右衛門、おぬしに二〇〇〇の兵を預ける。このまま勝幡《しょばた》に下って信長を討て」

「なんと」

「この乱、妙なところが多すぎる。いかに美濃三人衆の力添えがあったとはいえ、三日でこれほど騒ぎが大きくなるのはおかしい。落ち武者だけで二〇〇〇を超える兵をそろえているのも腑に落ちぬ。どこかで弾正忠がかかわっていると見るべきであろう」

「人夫としてふるまっていたのは、我々を欺《あざむ》くためであったと」

「そうよ。なれば美濃が荒れたこの時を、ただ見ているとは思えぬ。織田の残党に加わるやもしれぬ。その前に討って後顧の憂いを断ちたい」

信長を放っておけば、この後、何が起きるかわからない。

騒ぎを起こして、尾張を引っかきまわすぐらいならば、まだよい。場合によっては、武田家の存亡にかかわる重大な何かを引き起こしかねない。

やりたいようにやらせてはならない。あまりに危険だ。

たとえ信玄の意に反することになろうとも、信春としては、ここで始末したかった。

「やってくれるか」

「はっ。すぐに尾張へ参りましょう」

勝忠は一礼すると、慌ただしく立ち去った。

信春は腰を下ろすと大きく息を吐き出した。

西美濃の乱は、ある程度、頭にあった。三人衆が反抗的な態度を取っている以上、どこかで兵を挙げるだろうとは見ており、その対策もある程度は練っていた。

しかし、まさか、ここまで大きくなるとは思わなかった。しかも、この短い間に。

織田の残党が加わったのも意外だった。

西美濃の山奥に隠れていることは予想できたが、ちりぢりになっており、まとまって行動することなどありえないと見ていた。

計算違いもいいところで、乱を鎮めるには相当に無理をしなければならない。

しかし、それはそれでなんとかなる。これまでも苦しい戦いをしのいできた。

川中島で上杉政虎と戦った時は、苛烈な攻撃に敗北も覚悟した。それに比べれば、ずい分と余力がある。

ただ、引っかかるのは信長への処置だ。

どさくさに紛れて討ち取るように命じたが、それは正しかったのか。

武士として正しいふるまいとは思えない。正々堂々と戦って、首を取るべきではなかったのか。

信春は心のしこりを抱えたまま立ちあがった。

やるべきことをやらねばならぬのであるが、どうにも心は晴れなかった。

七

一〇月一五日　勝幡城

跡部勝忠が足軽を押しのけるようにして前に出

た。馬から下りることなく、正面の門をにらみつける。

勝幡城の大手門は閉ざされていた。門番も立っておらず、周囲は静寂につつまれている。

これまで武田勢が来た時には大手門は大きく開かれ、信長をはじめとする織田の将がそろって出迎えた。

今日も先触れを出している。誰も出てこないのは、どこかおかしい。

「開門、開門！」

勝忠は声を張りあげた。

「跡部九郎右衛門、弾正忠殿に話があって参った。早く門を開けられよ」

応じる声はなかった。門も動く気配はなく、空掘との間にあるのは冷たい風だけだ。

「余計な手間をかけさせるな。門を開けぬというのであれば、力尽くでいくが、いかがか」

勝忠は門に馬を寄せるも変化はなかった。

「やむをえぬ。門を破るぞ」

勝幡城を破るのはたやすい。

武田家に降って織田家の本拠と決まった時、堀の半分は埋め立て、壁も低く作り直した。虎口《こぐち》も矢倉もない。

万が一の時のことを考えての処置で、それがここで役にたった。二〇〇〇の兵があれば勝利はたやすい。

「まずは鉄砲。前に出よ」

勝忠が命令を下したその時、大手門に動きがあった。

大きく開いて騎馬武者が姿を見せた。

黒の具足に、赤の陣羽織といういでたちだ。黒の兜で、前立も同じ黒の大鍬形である。

大刀は大きいが、鞘《さや》が黒いせいか目立たない。地味な格好であり、戦場では人の合間に沈んでもおかしくない。

しかし目の前の武者は、不思議なほど勝忠の目を惹く。

栗毛の馬に乗り、背筋を伸ばす姿は、朝日を浴びて自ら光を発しているようにも見えた。

「武田の皆様方、よう参られた。手前のことは知っておろうから、あえて名乗ることはしない。面倒でもあるしな」

丹羽長秀は朗々と語りかけた。いつもの卑屈さはどこにもない。

「して何用か。物々しい有様に、当方は驚きを隠せませせぬな」

「織田弾正忠殿にお目にかかりたい。是非とも話したいことがあるのでな」

勝忠は、空掘にかかる小さな橋を挟むような格好で長秀と対峙した。

距離は一〇間といったところか。

長秀は一直線に勝忠を見ている。眼光は鋭く、ふるまいも堂々としている。

これは、どうしたことだ。

織田は武田の家臣として卑屈にふるまうだけではなかったのか。

言われるがままに人夫とともに働いて、笑い者になるのが関の山ではなかったのか。

勝忠の背筋を冷たい汗が流れた。

何かが違う。

「二〇〇〇の兵を引き連れて、話と言われてもな。裏があるとしか思えぬ」

「これは、万が一を考えてのこと。美濃で乱が起きているのは承知であろう」

「それを口実に、御館様を討とうというのであろう。さすがは武田家、姑息もいいところであるな」

長秀の侮蔑に勝忠は顔を赤らめた。

「何を申すか。おぬしら、我らに降っておきながら、よくもそのようなことを……」

「言える。我らが武田家の家臣であったのは、昨日までのこと。今日から織田家は尾張の主に返り咲く」

長秀の声は冬の大地に響きわたる。

「御館様は、ここにはおらぬ。おぬしらが押し寄せてくることなど、とうにお見通しよ。今頃は味方の兵を率いて、清洲に向かっているであろう。もう合戦がはじまっているやもしれぬな」

「なんだと」

「我らが考えていたよりも早く動くことになったが、やむをえぬ。これも天の配剤。よくもこれまで、尾張で我が物顔でふるまってきたな。その報いを受けるがいい」

「まさか、貴様ら」

「そうよ。我らは乱に加勢する。自らの足で尾張の地に立つ」

信春の読みは見事にあたっていた。

勝忠は完全に欺かれ、信長の掌《てのひら》で踊らされていたわけだ。

「勝てると思っているのか」

勝忠は顔をゆがめた。

「尾張、美濃には三万を超える武田の兵がおる。たかが三〇〇〇のおぬしたちに何ができよう」

「烏合《うごう》の衆ではないか。我らの敵ではない」

「何を言うか。尾張には穴山尾張守様、美濃には馬場加賀守様がおられる。三河には高坂弾正様、近江には山県駿河様、東美濃には秋山侍従様もおり、ひと声かければ、すぐ尾張に乱入してこよう」

「笑止。穴山尾張など、ものの数ではないわ。あのような馬鹿者に我らの殿が負けるはずがない」

「何を……」

「馬場加賀は手練《てだれ》なれど、美濃の乱にかかわって尾張に手を伸ばすゆとりはないはず。山県駿河にしても、それは同じことよ」

「…………」

「さらに言わせてもらえば、高坂弾正は信玄に呼び出されて、甲斐の地に赴いておる。戻って兵を整える前に、決着はついておる」

長秀は武田家の事情に精通していた。

まさか、すべてを知ったうえで兵を動かしたのか。

「御館様は、勝てぬ戦はせぬ。だからこそ今まで耐えてきたが、それも終わりよ」

長秀は従者から槍を受け取ると大きく振った。

「さあ、かかってまいれ。丹羽五郎左衛門、お相手をいたそう」

「何を言うか。おぬしが柴田修理や佐久間玄蕃に劣ること、知らぬと思ってか。強がるのもいい加減にせよ」

「なるほど、儂は文を扱うほうが得手。城造りもうまい。ただ、おぬしらごとき、武田のこわっぱに勝てぬほど弱くもない。さあ、かかって参れ。己の力を試してみるがよい」

「尾張の犬めが」

勝忠は怒りにかられて馬の腹を蹴る。槍を握る手にはおそろしいほどの力がこもっている。

その身体をひと突きせねば気がすまない。

「馬鹿が」

長秀はゆるやかに手をあげ、一呼吸、置いてから勢いよく振りおろした。

いっせいに矢が放たれる。壁の向こう側からだ。一〇〇や二〇〇ではきかない。

途方もない数の矢が大きな弧を描いて、武田勢の陣地に降りそそぐ。

悲鳴があがり、前に出ていた鉄砲足軽が次々と倒れていく。

「なんの備えもしてないと思うたか。だから、おぬしはこわっぱだというのだ」

長秀は馬の腹を蹴った。すさまじい勢いで、勝忠の前に迫ると槍を振るう。

勝忠は防いだが、強烈な一撃でよろめいた。

これがあの丹羽長秀なのか。

信長のまわりをうろうろしている脆弱《ぜいじゃく》な武士だと思っていたのに。

まるで違う。

いったい、自分は何を見ていたのか。

勝忠は、気持ちと体勢を立て直すため馬を下げる。しかし、その動きを長秀は読んでいた。

「阿呆が。勝てぬのであれば、端から仕掛けねばよいものを」

長秀は馬を思いきりぶつけてきた。

よろめいて、勝忠は槍を落とす。

最期に彼が見た光景。それは、自らの顔に迫り来る槍の穂先であった。

第三章　尾張、騒乱

一

一〇月一五日　尾張国清洲北方半里

「押せ、押せ。敵はひるんでおるぞ」

前田《まえだ》又左衛門《またざえもん》利家《としいえ》は、声を張りあげつつ、槍を振るった。

強烈な一撃が足軽をつらぬく。

血飛沫が飛び散り、利家の甲冑も赤く染まる。

自然と笑みを浮かべながら、利家は周囲を見回す。

武田勢は、彼らをつつみ込むべく、左右に展開している。その数はおよそ二〇〇〇。

一方、利家の手勢は五〇〇しかなく、武田勢の前進をとめきれずにいる。

右翼の被害は広がる一方だ。

しかし、いまだ味方は陣形を維持したままで、皆が結束して武田勢と対峙している。

当然だ。小者にいたるまで、この時を待っていたのだから。

武田に降ってからの三年半あまり、織田の将兵はさんざん馬鹿にされてきた。

揶揄《やゆ》され、罵倒され、つばを吐きかけられることもあった。刃傷沙汰もしょっちゅうで、無駄に斬られた足軽は数え切れない。

女房を殴られたり、娘を犯されたりした者もいる。

利家も無駄に穴山信君の家臣に呼び出されて、嫌味を言われた。馬の世話を命じられたこともあり、言いようにこき使われた。

それでも彼らは耐えた。

主君である信長もまた自分を抑えていたからだ。

信君や跡部勝忠に馬鹿にされながらも、堤の普請にいそしみ、近江・美濃の大乱では、武田勢に狩り出されて先陣に立ち、優勢な相手でも退くことなく戦った。

何を言われようともひたすら耐え、隠れて兵を整えてきたのである。

勝手次第をしては、信長に申し訳ない。

怒りをぶちまけるのは、武田勢と戦う時。そのように決めていた。

だからこそ、苦しい情勢にあってもひるむことなく戦うことができる。

利家は家臣が苦戦しているのを見ると、馬を寄せて足軽の腕を払った。

腕が飛び散り、ぎゃっと悲鳴があがる。

「殿、かたじけない」

「礼は後だ。来るぞ」

利家が右前方を見ると、武田の騎馬武者が迫ってくるところだった。

数はおよそ一〇〇。隊伍は整っており、精兵であることがわかる。

こちらの騎馬は、わずか二〇。

正面からの戦いではしんどい。だが、ここを突破されれば、清洲が危うくなる。

清洲は、勝幡《しょばた》城と同様に堀を埋め立てられており、武田勢が本気で攻めてくれば、ひとたまりもない。守りを固めるまで、時を稼ぐ必要がある。

退くわけにはいかないし、そのつもりもない。

「行くぞ！」

利家は馬を駆って、自ら武田勢に迫った。

周囲を騎馬武者が取り囲む。

誰もが笑みを浮かべていた。強力な武田勢に、気分が高揚しているようだ。

たちまち距離は詰まり、互いの顔を見ながらの戦いがはじまる。

「我は、織田家家中、前田又左。誰か、この首、ほしくはないか」

「生意気を申すな」

赤と山吹色の騎馬武者が立ちふさがる。

面当をしていることもあって、表情はよくわからない。ただ、その声とふるまいから、怒っていることはつかめる。

「穴山家中、川手惣太夫《かわてそうだゆう》。汚き織田家の者などどうでもよいが、殿の尾張で乱暴狼藉は許せぬ。早々に始末してくれよう」

「尾張は織田の地よ。狼藉を働いたのはぬしらであろう」

「負けていて、よく言う」

「それは武田を欺くための策」

「お為《ため》ごかしを」

「そう思うならば、かかってくるがよい」

利家は槍を振りまわした。

「口でしか戦えないと言うのであれば、話は別であるが」

「ほざけ」

川手は半槍をふりかざし、利家に迫る。

利家も馬を出して、それを迎え撃つ。

間合いが詰まったところで双方が槍を繰りだし、乾いた音があがる。

利家の槍は異形十文字であり、突くだけでなく、横に伸びた刃先で切り裂くこともできる。

長さも四間ほどで、武田武者より遠くから攻めることができる。

重いのが欠点であるが、利家は使いやすさより強烈な打撃力を求めていたので、そのあたりは気にならなかった。

「遅いぞ。どうした、どうした」

利家が槍を振りまわすと、川手は下がる。動きは鈍く、右に左にかわしてばかりだ。

「そんなことでは、我に勝てぬぞ。ほれ」

利家が横に薙ぐと、袖の一部がちぎれて飛んだ。川手はよろめいて、右に馬を引っぱる。

「そのまま落ちて死ね」

利家が踏み出した直後、横から別の騎馬武者が飛び込んできた。馬をぶつけられて、利家は思わず手綱を握りしめる。

「くたばれ、雑兵」

川手が体勢を立て直して、槍を突きたてる。

切っ先が顔をかすめて面当が飛ぶ。

槍を構えようとするも、もう一人の騎馬武者が横から突いてきて、うまくできない。

馬がいななき、利家は下がる。それを見越して川手は前に出て、槍を振りあげる。

切っ先が不気味に輝く。

利家は死を覚悟したが、それが振りおろされることはなかった。

大身の槍が横から首をつらぬいていた。

利家が視線を転じると、南蛮具足の大男が槍を引き抜くところだった。

兜の前立は、定紋《じょうもん》である四目結《よつめゆい》だ。

あえて面当をしていないので、表情がはっきりとわかる。髭だらけの顔には笑みがある。

佐々内蔵助成政《さっさくらのすけなりまさ》である。

「どうした。槍の又左ともあろう者が。人夫のまねごとで腕が鈍ったか」

成政は若い頃から信長に仕えており、桶狭間の合戦をはじめとして、多くの戦に先陣を切って参加した。

黒母衣衆《くろほろしゅう》と呼ばれる精兵の一人であり、その戦ぶりは織田家中でも有名だった。

利家は赤母衣衆の筆頭であり、成政とは年齢が同じこともあって、何かと張りあう仲だった。

「ぬかせ。ちょっと花をもたせてやっただけよ」

「よく言う。馬から落ちかけていたくせに」

成政は笑う。

「大変そうだったから、味方を連れてきてやった。一〇〇〇の兵よ。これなら武田勢など、あっという間に蹴散らしてくれるわ」

右前方では、織田の騎馬勢が突っ込んできて、武田勢と渡りあっていた。

先刻、利家に馬を寄せた武者も、織田の若武者に槍で突かれて、馬から転げ落ちていた。

「よく集めたな」

利家は素直に感心した。

「これだけの兵、尾張で伏せておくのは大変だったであろう」

「そうでもない。穴山尾張は、地侍にきつくあったからな。恨みつらみは相当だったから、声をかけたら喜んで手を貸してくれた」

「そうであったな」

穴山信君は、国衆に少しでも落ち度があると厳しく責めたて、家禄を召しあげた。首を討たれた者も多い。

巻きこまれて農民も被害にあい、罪のないまま死罪を申しつけられた者もいる。

尾張が自分の支配下にあることを示したかったのであろうが、逆効果である。

信長治世の尾張は、直に農民とやりとりせず、家臣に任せておくだけで十分に安定していた。

その頃を知っている者としては、武田家のやり方はとうてい許せず、裡《うち》に怒りを貯めこんでいた。

「苛烈にやったから乱は起きなかった。しかし、恨みは買った。そういうことよ」

「今こそ、それを晴らす時であるな」

利家は笑った。

「行くぞ。まだ敵は残っている」

「おうよ。どちらが多く首を取るか。競い合いぞ」

「おぬしの泣きっ面が楽しみよ」

利家は戦場に乗り込む。

その心は途方もなく高揚していた。

二

一〇月一五日　尾張国犬山城南方

武田勢が味方を追って、窪地に乱入する。その数はおよそ一〇〇〇。思ったよりも多い。

頃合いを見て、木下藤吉郎秀吉《きのしたとうきちろうひでよし》は立ちあがった。

すっと手を振ると、堤の上で控えていた武将が家臣に声をかけた。

水門が壊されて、川からどっと水が流れ込む。すさまじい量で、たちまち窪地を満たした。

強い流れに押されて、武田勢はたちまち崩れる。足軽はもちろん、騎馬武者も濁流に呑まれて流されてしまう。

「今よ。矢を放てい」

さっと斜面に足軽が並び、弓をいっせいに鳴らす。

ようやく逃げた武田勢が次々と倒されていく。戻ろうとしても背後には濁流があり、どうにもならない。

被害は大きくなる一方だ。

「一人も逃すな。このまま射かけよ」

秀吉は周囲を見回した。

「鉄砲は使うな。もったいないからな。これならば弓矢だけで十分よ」

「うまくいきましたな」

秀吉の横に、白の小袖に千歳緑の袴を身につけた男が姿を見せた。

顔は白く、どこか病人のような印象すらある。甲冑を着けないのは験《げん》を担いでいるからというが、それが真実なのかはわからない。

変人なのは、三年半が経っても変わらない。

竹中半兵衛重治《たけなかはんべえしげはる》は流される武田勢を見やった。

「少し考えれば、この窪地が危ういことはわかろうというもの。上からねらい撃ちにされることは目に見えておりますのに。何を考えているのか」

「東国の武者は猪ですな。まっすぐ前に突っ込むだけですから、少しかわせばこの有様で」

秀吉は丁寧な口調で応じた。

半兵衛はかつて美濃斎藤家に仕えていたが、当主龍興のふるまいに腹をたて、叔父の安藤守就とともに、わずか一〇〇の手勢で稲葉山城を押さえてしまった。

思いのほか斎藤家への叛意が広がらなかったので、半年ほどで退去せざるをえなかったが、驚きの城取りで世間に名を売った。

その後、信長が美濃に侵攻すると、美濃三人衆とともに臣従し、秀吉の寄子《よりこ》として活躍した。

近江では秀吉に従って横山城に入り、浅井の手勢と戦っている。浅井の家臣を説いて、味方につけたこともあった。

広い視野を持ち、知識も豊富だ。

織田が武田に臣従すると隠棲していたが、秀吉の呼びかけに応じて再び織田家に仕えることを決めた。二人で動くようになったのは、この半年のことだ。

「おかげさまで、犬山近辺の武田勢を叩くことができました。半兵衛殿には感謝の言葉もございませぬ」

「なんの。この時に備えて兵を整えていた木下殿の手腕でございますよ。美濃に近いこのあたりで、よくもこれだけの者を集めましたな」

秀吉は一五〇〇の手勢を率いて、犬山から出陣した武田勢を迎え撃った。

敵は三〇〇〇だったが、さんざんに引きずりまわして勢力を削り、最後はこの窪地に追い込んで水攻めとした。

うまくいったのは秀吉が事前に準備をしていたことに加えて、半兵衛の策がはまったからだ。

秀吉が窪地を見おろすと、武田勢はなんとか水の流れから脱して後退に入っていた。

「これで北の武田勢は当分、動けないでしょう。御館様も楽になります」

「されど、穴山尾張の手勢は健在。およそ一万はおりましょう。打ち破るのはたやすくないかと」

半兵衛は北に視線を向けた。

「美濃には馬場加賀もおり、いずれは姿を見せるはず。正面からぶつかることになれば、御館様でももちはしませぬ」

「やらせはしませぬよ。美濃の東では、森様がさかんに動いている様子。そろそろ遠山様と手を組んで兵を挙げるでしょう。さしもの馬場も好き放題はできますまい」

「木下殿もいろいろと手を貸していたようですな」

「できることをやったまでのこと。たいしたことはしておりませぬよ」

この三年間、秀吉は勝幡城には入らず、さながら浪人のように尾張、美濃、さらには三河、木曾のあたりをさまよい、多くの国衆と話をしていた。

当初は武田のふるまいを批難するだけで、織田家について語ることはなかったが、穴山尾張の評判が芳しくないのを感じとると、さりげなく信長に味方するように仕向けた。

美濃でも、斎藤家の旧臣や織田家に仕えて今は没落している武士に会って話をし、武田家と敵対するように働きかけた。

渋る者もいたが、積極的に兵を出さずとも、武田の足を引っぱるだけで十分と諭《さと》せば、多くの武士が協力を申し出た。

秀吉にとって、三年半という時間は十分過ぎるほどで、武田の牙城はほぼ切り崩していた。

「追い討ちはならぬ。首も打ち棄てにせよ」

秀吉は声を張りあげた。

武田勢はすでに下がっており、これ以上の戦いは無駄だ。

「水攻めの後始末にかかれ。くれぐれも民に迷惑のかからぬようにせよ」

「おやさしいことですな。武田勢は、我らに攻めかかる前、さんざん村を荒らしていったようですぞ」

「慈愛の心で臨みませぬと。民は尾張の宝ですからな」

「なるほど」

半兵衛が小さく笑ったのは、秀吉の真意を見抜いてのことだろう。

虐《しいた》げられていたこともあり、尾張の農民は武田勢に敵意を抱いている。それを生かさぬ手はない。

うまくやれば、信長が再び尾張を制した時には、諸手《もろて》をあげて歓迎してくれる。

乱暴狼藉さえ厳しく取り締まれば、一揆を起こすようなことはない。

さらに武田勢が劣勢になれば、容赦なく落ち武者狩りをするはずで、それも織田にとっては役に立つ。

農民を愛《め》でるのも、それなりの効用があるからであり、無条件に手を貸すつもりはなかった。

「さて、では、これからどうしますか」

秀吉が問うと、半兵衛は小さく笑った。

「犬山の手勢は放っておいてもよいでしょう。城代は小幡昌盛《おばたまさもり》でたいしたことはありませぬ。怖れて外には出て来ませぬ」

「では、我らは南に」

「ええ、穴山の手勢は強力。そろそろ兵をそろえて清洲方面に出ているでしょう。ならば、後詰めがいるかと」

「手前も同じ考えで。では、動きますか」

「よい頃合いかと。あまり美濃に近づきすぎるのもうまくありませぬからな。木下様のためにも」

最後の一言は、秀吉の心をえぐった。

まさか見抜いているとは。

心眼の深さ、ただごとではない。

秀吉は尾張、美濃をまわって国衆を味方につけたのであるが、その時、織田家ではなく、自分に仕える武将も増やしていった。

とりわけ没落した武将には積極的に味方になるように語りかけ、うまく武田勢を駆逐した時には旧領を与えるよう信長に取り次ぐと約束した。

織田家の敗北は、秀吉の野心に火をつけた。

武田の尾張支配は長くつづかず、いずれ大きな隙ができると見ていた。

その時、信長は必ず叛旗を翻《ひるがえ》すだろうが、うまくいくとはかぎらない。

信長に万が一のことがあれば……。

秀吉はその一方で、自らの欲が燃えあがりつつあるのを感じていた。

「お言葉、胆に銘じました。今は御館様のために働くことで精一杯。余計なことは考えぬようにいたしましょう」

半兵衛は何も言わない。

冬の日射しが周囲に降りそそぐ。

それは冷たく、それでいて、どこか弱さを感じさせる輝きだった。

三

一〇月一九日　尾張国那古野城

板敷きの座敷に広げられた地図を見ながら、穴山尾張守信君は尋ねた。声が鋭くなるのは、致し方のないところだ。

「それで、小牧山城はどうなった」

「織田の手勢が取り囲んでおります。なんとか耐え忍んでおりますが、そもそも三〇〇の兵しかおりませぬ故、どこまでもちますか」

応じたのは佐野兵右衛門《さのひょうえもん》だ。彫りの深い顔は地図に向けられたままである。

今年で三六であり、信君とは同年齢だ。佐野家は代々、穴山家に仕えていることもあり、兵右衛門とは兄弟のように育った。

最も気心が知れた家臣であり、尾張に転封となってからは穴山家を支える宿老となった。

今回の乱でも、信君は最も早く兵右衛門に相談している。

「織田勢は五〇〇ですが、尾張の国衆が手を貸しているとのこと。一〇〇〇は軽く超えましょう」

「後詰めがなければ、もたぬか」

「犬山の小幡殿に働きかけているのですが、先だって織田勢に一〇〇〇の兵が叩きつぶされたことを気にしているようで、しばらくは様子を見たいと申しております」

「ええい、そんな弱気なことでどうするか。すぐにでも出陣を命じよ。事は急を要するのであるぞ」

「されど殿、犬山の言い分にも一理ございますぞ」

市川武兵衛《いちかわぶへい》が彼を見た。

ちょうど兵右衛門とは絵図を挟んで反対側に座っており、信君から見れば右前方となる。

彼もまた穴山家の重臣であるが、ここのところ信君は距離を置いている。

彼の政に文句をつけてくることが多く、所領をめぐる争いでも尾張の国衆に味方することが多かった。甲斐ではなく、尾張の商人を重んじるところも気に入らない。

信君は視線をそらしたが、気にすることなく武兵衛は話をつづけた。

「東美濃が荒れている情勢では、うかつに兵は出せませぬ。森勝蔵《もりかつぞう》の軍勢が動いているという話もあります。秋山殿が敗れるようなことはないでしょうが、遠山の動きが読めぬ今、うかつに城を開けることはできぬかと」

「木曾に助力を乞うという手もある」

「それをやれば大事になり、馬場様もなんらかの咎《とが》を受けることになりましょう。秋山殿としても、そのあたりは気にするかと」

「されど、それで尾張の乱が大きくなっては困る。三河衆の動きも、いまいちであるしな」

信君は絵図を見おろした。

尾張の各地で織田勢が動いている。

勝幡だけでなく、犬山、小牧、さらには中島郡の一宮や黒田でも手勢が動いて、武田の砦を攻撃している。

すでに清洲、蟹江《かにえ》は落ち、岩倉、小牧山が織田勢に囲まれている。武田家の影響力が強い知多《ちた》郡ですら不穏な動きがあり、三河の手勢が抑えにまわっているほどだ。

信君の座す那古野城ですら、どうなるかわかったものではない。

「尾張は長きにわたって織田の版図でございまし

た。結びつきは強く、根を断ち切るまでには至りませんでしたな」

　武兵衛は鋭く突っ込んできた。

「そもそも、殿の政には無理が多すぎました。甲斐勢を大切にするのはよいのですが、あそこまで国衆をないがしろにしては不満も出るというもの。もう少し歩み寄るべきでした」

「顔色をうかがえば、つけ込まれる。尾張を我が手に抑えるためには、力づくでいかねばならぬところもあろう」

「ですから、もう少しやりようがあったと申しておるのです。あれでは、うまくいくものもいきませぬ」

「おぬし、儂のやり方に……」

「お待ちくだされ、二人とも。今は争っている場合ではござらぬぞ」

　兵右衛門が割って入った。交互に二人を見つめる。

「言いたいことはござろうが、それは事が終わってからでもかまわぬはず。今は、尾張の騒ぎを収めることが肝要かと。

　放っておけば、先だっての近江・美濃の大乱より大事になるかもしれませぬ」

「確かに動いているのは、あの織田弾正だ。何をしでかすか、わからぬ」

　武兵衛は信君に頭を下げた。

「つまらぬことを申しました。まずは兵右衛門の申すとおりかと」

　すばやく切り替えてくるのが、武兵衛のよいところだ。普段ならば、素直に受けいれるのであるが、今日のところはうまくわだかまりを解くことができなかった。

　信君は武兵衛には何も言わず、絵図に視線を戻す。

「では、どのようにすべきか」

「まずは、織田弾正の本陣を叩くべきかと。あやつがこのたびの元凶。根っこを刈り取り、憂いを断ちきるのが最も良策と見ます」

武兵衛は扇子で地図の中央を示した。

「幸い、弾正忠は清洲にいる様子。あの城は堀を埋め、矢倉も取り壊しておりますので、籠城には向いておりませぬ。二〇〇〇やそこらならば、たやすく打ち破ることができましょう」

「仮に打って出てきたら、しめたもの。我が穴山の手勢で完膚なきまでに叩きのめせばよいかと」

現在、信君は一万の兵力が手元にある。

後詰めの兵が来ることを考えれば、これをそのまま織田勢にぶつけることができよう。

敵がせいぜい五〇〇〇であることを考えれば、野戦に持ち込めば勝利は間違いない。

味方は精強な武田勢、相手は弱兵の尾張勢。

結果ははっきりとしている。

信君は念のため、他の家臣にも意見を聞いたが、返答は同じだった。

芹沢《せりざわ》伊賀守はすぐにでも兵を繰りだすべきと述べたし、塩津《しおつ》治部《じぶ》も時をかけるのはうまくないと主張した。

保坂《ほさか》常陸守《ひたちのかみ》は、今にも立ちあがらんばかりの勢いで、信長を討つべしと説いた。

「殿、打って出ますか」

武兵衛の言葉に信君はうなずいた。

「うむ。早々に兵を繰りだし、弾正忠の首、討ち取って見せようぞ」

「おおっ」

「情けをかけて尾張に捨て扶持をくれてやったのに、それを無にするとは。決して許せぬ。どれほどの罪を犯したか、見せつけてやろうぞ」

「はっ」

家臣がいっせいに頭を下げる。

意志は統一した。あとはやるだけだ。

尾張は信君が無理を言って、信玄から賜った地である。畿内に近くて肥沃な大地が欲しいと思っており、尾張の地は最も適していたといえる。

信玄は、高坂弾正か山県駿河に任せたいと思っていたようだが、説得を重ね、最後は甲斐河内の領土を捨ててよいとまで言い、翻意を迫った。

彼の思いが通じて、信玄は尾張に信君を封じたが、半国に過ぎなかった。残りは自らの版図として代官を送り、海西と中島の二郡は織田家に与えてしまった。

信君は今でも、尾張一国の支配をねらっており、支配下の半国が安定すれば、残りも自分の手に来ると信じていた。

ここで乱が起きてしまったのは残念であるが、一方で好機が来たとも言える。

信長を叩きのめせば、力量を認めて信君に織田の領土を与えてくれるかもしれない。清洲、勝幡を手にし、信長の首を取れば、さすがの信玄もこちらの意見を受けいれるはずだ。

穴山家は甲斐の名家だ。三〇〇年ほど前に武田宗家から分かれ、甲斐巨摩郡に根を張った。

武田家との関係は深く、信君の母親は信玄の父、虎縶の娘であるし、信君の正室も信玄の次女である。信君の子である勝千代にも、武田家の娘を嫁がせるという話が出ている。

穴山家は武田家中でも特別な地位にあり、発言力は強い。

ここで尾張を手にすれば、それはさらに強まり、口うるさい馬場信春や高坂弾正といった重臣を抑えることもできよう。

栄光は目の前にあり、後はそれに手を伸ばせばよい。そのためにも援軍はいらない。自らの手で織田家を滅ぼす。

信君は絵図を見やった。

敵の位置は、彼の望みどおりであるように思えてならなかった。

四

一〇月二一日　尾張国海東郡沖之島

丹羽長秀は床机に腰かけた主君を横目で見た。

その姿はまったく動かない。目を見開いたまま正面を見据えている。

時折、西からの風で枯れ葉が塊となって飛んでくることもあったが、気にする様子はない。

長秀は口を結び、顔を前に向ける。

彼の前には、信長の家臣がずらりと並んでいる。

上座の信長の前に、家臣は左右に分かれる形で腰を下ろしている。

場所は本陣で、いつでも評議ができる。

あえて絵図は用意していない。合戦の場は尾張であり、地勢は全員の頭に入っていた。

足音がして、使番が本陣に飛び込んできた。信長の前で膝をつくと、声を張りあげる。

「申しあげます。穴山尾張が手勢、福田川の手前で陣を張った模様。数はおよそ一万。騎馬武者はおよそ二〇〇〇で、尾張が自ら采配を取っております」

騒《ざわ》めきがあがった。

「一万とは。手持ちの兵をすべて連れてきたようですな」

意見を述べたのは、佐久間右衛門尉信盛だった。ちょうど長秀の前に座っている。甲冑を身につけ兜をかぶる姿には、重厚な空気が漂う。

信盛は柴田勝家と並ぶ重臣で、幼少の頃から信長に仕え、家督問題で家中が揺れる中でも態度を変えず、常に信長方の武将として戦った。

稲生《いのう》の戦いでは信勝の軍勢を打ち破って勝利に貢献し、桶狭間の戦いでも、大軍を抑えて主力が今川本陣に突き進む時間を稼いだ。

六角氏との戦いでは観音山城を落とし、武将としての評価をさらにあげている。

退却戦に強く、退き佐久間の異名を持つ。

いささか決断の遅いところはあったが、頼りになる武将であることは間違いなかった。

「こちらの手勢は五〇〇〇。城を出ての戦いとなれば、いささか苦しいですな」

「されど、あの清洲にこもったところで、いかんともしがたい。堀も塀もろくにないのだからな」

長秀は口をはさんだ。語気が荒くならないように気を使いながら、先をつづける。

「打って出るのが得策。地の利は我らにある。このあたりならば、どこに何があり、戦に何が使えるか誰もがわかっていよう」

「そのとおりだが」

「ぐずぐずしていても、はじまりませぬ。まずはこちらから押し出しましょう」

前田利家が末席で口を開いた。顔は真っ赤で、興奮を抑えきれぬ様子だ。

三八歳になるのに、まるで以前と変わらない。いつまで若手のつもりなのか。

「武田勢に先手を取られるのは、我らにとって不利。たちまち取り囲まれ、さんざんに踏みにじられましょう」

「同感かと」

佐々成政がそれに応じる。

「認めるのは悔しきことなれど、武田の騎馬武者は手ごわき相手。まともにかかれば、踏みつぶされるのはこちらでございます。あやつらがそろって馬を出してくる前に叩くべきかと」

「さかしいことを。戦のなんたるかも知らぬくせに」

「何をおっしゃるか。佐久間様こそ、武田勢がいかなるものかご存じないはず。我らはすでに干戈《かんか》を交え、その力を知っているからこそ申しあげているのです。ご老体はひっこんでいていただきたい」

「何を」

「よさぬか。御館様の御前であるぞ」

長秀の言葉に二人は沈黙した。

信長は、軍議での言い争いを嫌う。下手すれば勘気《かんき》をこうむり、処罰されることもありうる。

すでに信長はやるべきことを決めている。

後は自分たちがどれだけ速く、そして正しく行動するか。それで勝負は決まってくる。

長秀が見つめる中、信長は口を開いた。

「穴山勢、恐るることもなし。庄内川を渡ったにもかかわらず、早々に攻めかからず、様子を見たところに難がある。数で優っているのだから、堂々と攻めかかれば、それでよかった」

家臣も口をはさまない。信長は話を遮られるのも激しく嫌う。

「先手を取られることを怖れたのかもしれぬが、それは惰弱。数を生かして懐に引っ張り込み、さんざんに叩きのめすことができた。たとえうまくいかずとも、武田にはいくらでも後詰めがおる。多少の兵を失ったところで、どうということはない」

信長は立ちあがった。その瞳がすさまじい輝きを発する。

長秀は、背筋に電光が走るのを感じる。

これよ。これこそ我が主。天下を目指した王の姿がここにある。

これほどの覇気を持つ者がほかにいるか。

我が身を捧げるに値するのは、この方しかいない。

威光に打たれたのはほかの家臣も同じで、信盛ですら顔を真っ赤にして、今にも飛び出していきそうだった。

「それがわからぬ穴山尾張は能なし。胆の小さな男で、尾張を治めるに値せぬ」

信長は立ちあがった。

冬の風が背後を吹きぬける。

すさまじい強さだが、長秀は顔をそむけることなく、主を見ていた。

「これより我らは、失った領地を取り戻す戦いに挑む。まずは尾張よ。忌々しい穴山勢を叩き出し、天下に尾張の主が誰であるか示せ！」

「はっ」

家臣はいっせいに頭を下げる。

ようやくはじまる。再び天下を目指す戦いが。

「佐久間右衛門！」

「はっ」

「まずは、おぬしよ。打って出よ」

「仰せのままに」

信盛は立ちあがる。

信長の覇気を吸って、その顔は引き締まっていた。

五

一〇月二一日　海東郡沖之島

「騎馬衆、前に。行くぞ！」

市川武兵衛は槍をかざすと、馬の腹を蹴った。

青毛の馬は速度をあげて戦場に飛び込む。

つき従うのは、穴山衆の一〇〇騎。

一団となって、尾張勢の右翼に突き進む。

こちらの突撃に気づいたのか、尾張の騎馬武者も馬をそろえて前に出てきた。

およそ五〇。数ではこちらが上だ。

「蹴散らせ！」

声があがり、騎馬武者が激しく激突する。

先陣を切ったのは、武兵衛の家臣である山辺三《やまべさん》九郎《くろう》だ。

敵の馬に並びかけ、槍で一戦する。首筋を切られて、騎馬武者は身体を異様な形にそらした。

一瞬、三九郎を見るも耐えきれず、そのまま馬から落ちる。

「山辺三九郎、織田武者を討ち取ったり！」

三九郎の声に周囲の武田武者が応じ、尾張勢は押されて後退していく。

初動は武田勢が制した。あとは押していけばいい。


武兵衛は周囲を見回す。

穴山勢は福田川の西で織田勢と激突した。

鉄砲、弓矢のやりとりを終えたところで、距離を詰めていた騎馬衆が突っ込んだ。

やはり騎馬では味方が上だ。

すでに織田の右翼にまわり込み、敵の槍衆に近づきつつあった。

織田勢の動きは鈍く、食い止め切れていない。

それにあわせ、彼の左手方向では穴山の槍衆が出て、織田の陣地に仕掛けている。

喚声が逆巻き、双方の軍勢が激しく激突する。

「まさか、こうなるとはな」

武兵衛は、織田勢が清洲か勝幡に籠城すると見ていた。

尾張は織田の本拠であり、やりようはいくらでもある。時を稼いで、犬山や小牧山の手勢が背後から攻撃してくるか、尾張の国衆が攪乱《かくらん》するのを待ってもよかった。

それが現実には、野戦を選んだ。数が少ないにもかかわらず。

いかな清洲の守りが薄いとはいえ、倍の敵に仕掛けるとは無謀もいいところだ。

信長が清洲を出陣したのを見て、武兵衛は積極的に仕掛けることを訴えた。負けはないと。

家臣も彼の意見を支持したのであるが、信君は慎重だった。庄内川を渡っても様子を見て、信長が陣を構えてから前進し、戦いに挑んだのである。

「端から、このようにすればよかったのだ」

少々無理をしても我々は勝てる。

武兵衛は自ら前に出て、織田勢に挑んだ。

騎馬武者が正面から来る。甲冑は黒、指物《さしもの》は赤で、なかなかに目を惹く。

「そこの武者。儂は穴山家家中、市川武兵衛。その首、ここへ置いていけ」

「なんの。そちらこそ、ここへ置いていくがよい」

武者は槍を振りまわした。

「我は織田家中、池田勝九郎元助《かつくろうもとすけ》。父の跡を継ぎ、主となった。尋常に勝負」

「ふん。小せがれがよく言う」

武兵衛は笑った。

「おう、思い出したぞ。確か池田紀伊守とか申す馬鹿者がいたな。先だっての大乱で斎藤家の者とやり合い、首を取られたのであったな。まわりも見ず、勝手に突っ込んでいけば、首を取られるのは当たり前よ」

「何を言うか。あれは武田勢が勝手に退いたため。あそこで父上が踏ん張らねば、家中の者は皆、討ち取られていた。勝手にしたのは、おぬしたちであろう」

元助の父である池田恒興《つねおき》は、近江・美濃の大乱で討ち死にしていた。

あの時、織田勢は先手衆に組み込まれて、斎藤家の残党とさんざんに戦った。

多少無理をさせたことは確かであるが、うまく戦えば討ち死にすることはなかった。

要するに、恒興が無能だっただけだ。

「ここで会ったのも何かの縁。父の後を追わせてやろう」

「父上の敵《かたき》、ここで取る」

元助は馬を寄せ、槍を激しく振った。

右から左から攻めたてる。

武兵衛は穂先をうまくかわして、逆に強烈な突きを放つ。穂先は襟《えり》をかすめる。

「どうした、どうした。その程度の腕で儂を倒そうというのか」

元助は馬を引き、それを追うようにして武兵衛が馬を前に出す。

馬上の撃ち合いでは武兵衛が明らかに上だ。

元助も技量は高いが、戦慣れをしていない分だけ、相手の動きをつかめていない。

「そろそろ、その首、もらうぞ」

武兵衛が強烈な突きを放つ。

元助はなんとか受け止めたが、絡めとられて槍を落としてしまった。

「くそっ！」

「死ぬがいい」

一撃が元助の右肩をつらぬく。

うめいて下がったところで、なおも武兵衛は槍を繰りだすべく前へ出る。

そこで不意に声が響く。

「勝九郎殿、お助け致しますぞ」

武兵衛が顔を向けると、黒の南蛮具足をつけた武者が見てとれた。

背は大きく、肩幅も広い。身体はおそろしく鍛えあげられている。長い槍を手にし、馬を走らせる姿は尋常の者でないことがわかる。

「我は、蒲生賢秀が子、蒲生忠三郎賦秀《やすひで》。お相手いたす」

賦秀が馬を走らせると、その行く手を遮るように武田の武者が現れた。

馬を寄せて槍を振りかざすも、その一撃が放たれるより早く、賦秀は槍を振っていた。

たちまち首が飛んで、地面を転げまわる。

主を失った身体はしばし馬上にとどまっていたが、やがて見えない糸に引っぱられるようにして落ちた。

すさまじい斬撃だ。

あれほどの武者、武田家にも五人といまい。

武兵衛は前に出ようとするも、それを元助の足軽が防いだ。さかんに下から槍で突いてくる。

鬱陶しい。

こんなところでやられるわけにはいかない。

武兵衛は早駆けで下がった。入れ替わるようにして若手の武将が飛び出し、蒲生賦秀に迫る。

勝負の結果は見るまでもなかった。

六

一〇月二一日　海東郡沖之島

佐野内膳《ないぜん》は、部下の足軽が勢ぞろいしたところで手を振った。

「放てい」

鉄砲がいっせいに火を噴き、織田の陣地に叩き込まれる。

最前線の足軽が何人か倒れる。つづけざまに武田の鉄砲が放たれ、さらに敵兵を倒していく。

思わぬ事態に織田の鉄砲足軽は下がった。盾を構えて距離を置く。

佐野内膳はすぐさま下知を出す。

「織田勢を逃がすな。間合いを詰めろ」

号令にあわせて、鉄砲足軽は前に出る。

その数は二〇〇あまり。最前列に並ぶ鉄砲は六〇で、これまでで最も数が多い。

性能もよく、甲冑をつけていても二〇間先の敵を倒すことができる。雑兵ならば、もっと離れていても叩ける。

「ありがたい話よ」

佐野が織田勢を見つめると、ちょうど鉄砲足軽が陣形を変えるところだった。

佐野の鉄砲が強いと見て、前線の鉄砲を増やしている。

「やらせるか」

こちらも鉄砲の扱いには慣れている。

この三年半で武田の武具、とりわけ鉄砲は大きく変わった。畿内を制し、堺の商人と取引できるようになったのが大きい。

最新の鉄砲を手に入れ、戦い方は以前と大きく異なっている。

玉薬も手に入りやすくなって、戦いの場で火種や火薬について気にする必要もなくなった。

佐野は足軽大将として鉄砲の扱いを学び直したうえで、足軽を鍛えあげた。

その結果、鉄砲は合戦の場において、これまでよりもはるかに実力を発揮できるようなった。

織田の精兵でも五分に戦える。それどころか……。

武田の鉄砲勢はすばやく並んで玉を込める。

鉄砲を構えると頃合いを見て、いっせいに銃爪《ひきがね》を引く。

銃声が轟き、視界が煙る。

織田勢は先頭の足軽が撃ち抜かれて、その場に倒れる。

つづけざまに銃声がし、織田の前線が崩れる。

「よし、うまいぞ」

鉄砲の戦いで武田勢が先手を取った。感無量である。

鉄砲の技量では織田家が最先端だった。それを上回ることができるとは。

「これで、騎馬武者を見返すことができるぞ」

これまで武田家では士分の者が威張り散らしていて、足軽の扱いにはむごいものがあった。しょっちゅう侮蔑の言葉を飛ばされ、口答えをしようものなら刃傷沙汰になる。

上の者もそれを当たり前と思っていて、佐野が訴えても取りあげられることはなかった。

何度となく悔しい思いをしたが……。

これからは違う。騎馬武者など時代遅れだ。鉄砲を並べて撃ちまくれば、強烈な突撃も防ぐことができる。

近づけばどうにもなるまいとほざく者には、空掘と柵がどれだけ有用か教えてやる。

時代は流れた。これからは武田の鉄砲衆が天下一だ。誰にも馬鹿にはさせない。

大きな声に佐野が顔を向けると、織田の騎馬武者が突撃してくるところであった。

右から一〇騎だ。

動きは速く、まもなく陣地に取りつく。

「右、備えい」

佐野が命令すると、鉄砲衆はすばやく動いて銃口の向きを変えた。最初からわかっていたかのような動きで、まったく無駄がない。

「放てい！」

銃声が轟き、玉が放たれる。

たちまち半分の騎馬武者が馬から落ちる。

馬も傷つき、明らかにひるんでいる。

織田の武者はあきらめて後退に入ろうとしたが、

それよりも速く第二段が前に出て、鉄砲を構えていた。

轟音がして、残りの騎馬武者が落馬する。

恐れをなしたのか、織田勢は後退に入った。

騎馬だけでなく、足軽も距離を置きはじめる。

流れは変わった。押すのであれば、今しかない。

七

一〇月二一日　海東郡沖之島

「織田勢、総崩れになった模様。先手のみならず二の陣、本陣も後退しております」

使番の報告に、信君は床机から立ちあがった。

自然と声は大きくなる。

「後詰めの動きはどうか？」

「鈍いままで。動く様子はありませぬ」

「間違いなく織田勢は崩れております。勝負に出るのは今かと」

芹沢伊賀守が信君の前に出てきた。顔は真っ赤で、戦の雰囲気にすっかり酔っている。

「市川様の働きで織田の右翼は崩れており、弾正忠の本陣まで遮るものはございませぬ。鉄砲で先手の陣も叩いており、ここでひと押しすれば、すべてが片づきましょう」

「手前も芹沢殿と同じ考え」

塩津治部が膝をつき、信君を見た。

「総掛かりで攻めたてれば、織田勢は雪崩を打って退きましょう。余計なことは考えず、しゃにむに兵を送り込めば、それで終わりと」

「あいわかった。では、総掛かりとする。二人とも手勢を率いて……」

「お待ちくだされ、殿。うかつに攻めかかれば、罠にはまることになりますぞ」

佐野兵右衛門が口をはさんできた。

表情は厳しい。先刻まで先手衆とともに戦っていたこともあり、鎧は血で赤く染まっている。

「手前の見たところ、織田勢にはわずかながら余裕があると見ました。とりわけ左翼。こちらはうまく我らの攻めをかわしており、騎馬も鉄砲も数多く残っております。おそらく、こちらが攻めかかるのを待っているのか」

「ならば、蹴散らせばよいだけのこと」

芹沢は声を荒らげた。

「右が崩れているのであるから、そこを突けば、自ずと勝ちは転げ込んできましょう」

「さにあらず。我らが織田の右翼を押せば、左翼が前に出て、その横合いをねらうものかと。勢いよく伸びているだけに引きちぎられ、大きな痛手を受けましょう」

「ならば、先手を打って防げばよい。鉄砲は健在。なんとでもなる」

「それを見逃す織田勢ではございませぬ。必ず手を打ってくるはずで、その時が最も怖いかと」

「後の先か」

信君は静かに応じた。先刻の興奮はすでに収まっている。

「兵右衛門の言やよし。何か裏があると見るべきであろうな」

信長は五〇〇〇の兵で、倍の穴山勢に仕掛けてきた。これはどう考えてもおかしい。

清洲の南は田畑で、兵を隠す場所もないし、奇策にふさわしい窪地もない。

無理な戦いをしているわけで、そこには当然、何かねらいがあるだろう。

長年戦っていれば、敵の考えなどおおむねわかる。どこかで罠を張って兵を削り、互角に持ち込むつもりなのだろう。

「あいわかった。では、織田勢の右翼を攻めるにあたって、後詰めの兵をいくらかまわして、左翼も抑えよう。勝てずとも、好きにやらさねば、よい。その間に我らの手勢が右翼を突き崩して、織田の本陣に迫ろう」

「さすがは殿、手前もそのように考えておりました」

佐野の言葉に信君はうなずいてみせた。

信長は奇策を好み、思わぬところから仕掛けて敵方の急所をつらぬく。

桶狭間では今川勢が本陣をつらぬかれ、圧倒的に優位であったにもかかわらず敗れ去った。

こちらは数で有利なのだ。それを生かして、正面から押しきればよい。

信君は家臣を見回した。

「これより総掛かりで攻めかかる。目指すは弾正忠が首。逃すでないぞ」

「はっ」

全員がいっせいに頭を下げる。

信君の意は伝わった。あとは勝ちきるだけだ。

八

一〇月二一日　海東郡沖之島

「これはうまくないぞ」

丹羽長秀は、武田勢の攻勢が強まったことを感じていた。

すでに先手は崩れており、先鋒は二の陣に迫っている。鉄砲は騎馬に打ち崩されており、退くだけで手一杯だ。

ここを抜かれると、本陣まで一町もない。

遮られることなく武田武者は突き進み、信長の首をねらうだろう。

さすがに左翼が前に出て、横合いをつく策はうまくいかなかったようだ。虫がよすぎた。

「抜かせはせんぞ」

長秀は槍を取って前に出た。

「ここが正念場。御館様の身、なんとしても守るぞ」

おおうと声があがって、七〇の騎馬武者が長秀のまわりに集まる。

足軽も含めれば三〇〇を超える。

無傷の精鋭であり、織田勢の切札だ。ここはなんとしても食い止める。

「行くぞ！」

長秀が手綱を振ると、栗毛の馬は走り出す。馬の勢いは戦いをはじめた時と変わっていない。

さすがに新しい武具がきいている。

行く先には、武田の武者が待っていた。すでに槍の足軽衆を倒しており、新たなる敵を探しているようだった。

「我こそは丹羽五郎左衛門。この首、欲しくば、かかって参れ」

「おう。我こそ穴山家家中、芹沢伊賀。跡部九郎右衛門殿を討ったのは、おぬしか」

武者は芦毛の馬に乗っていた。

灰色の袖に甲冑は茶で、鎧には大きな日輪の前立がついている。

歴戦の兵らしい雰囲気を漂わせている。

負けてはならじと、長秀は語気を強めた。

「おう、あの馬鹿者か。殿がとっくに清洲に向かっていたのに、のこのこと勝幡に押し寄せ、阿呆な口上を並べた。

挙げ句の果てが、儂との戦いに負けて首を取られた馬鹿よ。もっとも、あんな奴の首はいらぬので打ち棄てたがな」

「九郎右衛門殿には何かと世話になった。その敵《かたき》、討たせてもらうぞ」

「よい心意気、かかってくるがよい」

「参る！」

芹沢は間合いを詰めると、槍を振りおろした。

思いのほか速い。

長秀がきわどいところでかわすと、つづけざまに槍が迫り、後退を強いられる。

かわしきれず、穂先が籠手《こて》をかすめる。

手がしびれて、危うく槍を落としそうになる。

それでも長秀はあえて踏み込み、芹沢の顔面をねらう。わかっていたのか芹沢は穂先を払い、逆に長秀の前垂れを攻める。

足に痛みが走る。まともにつらぬかれた。

それを見て、家臣の足軽が芹沢に槍を突っかける。横からで、うまい頃合いだ。

長秀は下がることができたが、一方で足軽は芹沢と直に対峙することになった。

「邪魔をするな」

強烈な一撃を咽喉に受け、足軽は血を流して倒れた。

「おぬしの負けよ。早く首を討たれよ」

武田の騎馬武者は織田勢を突き崩しつつある。

馬上の戦いでは明らかに不利だ。

打ち合いに負けて致命傷を負う者もいれば、馬から叩き落とされて足軽に首を討たれる者もいた。

このままでは突破される。

とにかく、今は踏ん張るしかない。

流れは変わる。

あと少し。少しのはずだ。

長秀は馬を寄せ、槍を突き出す。

しかしその勢いは弱く、軽く払われてしまう。

足の痛みはひどく、鐙《あぶみ》を踏むのすらむずかしい。

身体の力が抜けていく。

「これで終わりだ」

芹沢が槍を振りあげたところで、指物《さしもの》を背にした武者が二人の間に割って入った。

「助太刀に参りましたぞ、丹羽様」

精悍な笑みには見おぼえがある。

「おお、おぬしは……」

「毛利新左衛門良勝、参上。これ以上、好きなようにはやらせませぬ」

「来てくれたか」

長秀は馬を下げると、良勝に声をかけた。

「ありがたい」

「遅くなって申しわけありませぬ」

「ほかに味方は？」

「滝川左京様の手勢三〇〇〇が、すぐそこに。すでに穴山勢の左翼を突いているものかと」

長秀が周囲を見回すと、右前方に砂埃があった。声もあがっている。

騎馬武者の指物が見てとれる。滝川勢だ。

先鋒は穴山勢に突っ込み、すさまじい勢いで崩していく。

思わぬ一撃で、穴山勢は対応できない。

「ば、馬鹿な。滝川勢だと」

芹沢は驚きの声をあげた。馬を下げる仕草にも動揺が見てとれる。

「そんな。連中は美濃三人衆とともに、大垣を攻めていたはず。なぜ、こんなところに」

「それが策であることに気づかなかったか。馬鹿者め」

声を荒らげたのは良勝だった。獰猛な笑みを浮かべて槍を構える。

「確かに、我らは昨日まで大垣の南にいた。されどそれは、おぬしらを油断させるための策。頃合いを見計らって離れ、合戦がたけなわの時をねらって、こうして参上したのよ」

「されど、これほど早く……」

そこで芹沢は言葉を切った。

「そうか、船か。水軍を使って手勢を運び、数がそろったところで、押し寄せてきたか」

「いい読みであるが、気づいても、もう遅い。滝川殿の兵は剛の者ばかり。おぬしらに押しとどめることはできぬ」

芹沢が見抜いたとおり、滝川勢は船を使って揖斐川を下り、勝幡の近くで陸にあがった。そのまま東に進んで、合戦の場に姿を見せた。

無論、すべて信長の策だ。

信長は事前に津島の商人と話しあって、事が起きれば、すぐ船を使えるように手配していた。

そのため、九鬼水軍の一部が商人と偽って津島に入り、水軍の調練を密かに進めていた。

また、美濃の奥に引っ込んだ滝川一益や柴田勝家とも連絡を取って、合戦に備えての打ち合わせも進めていた。

これに木曾三川の普請が加わる。

信長は木曾川だけでなく、長良川、揖斐川の堤も整えていたため、三川の流れに精通していた。複雑な支流もほぼつかんでおり、さながら水軍の長のように船を扱うことができた。

逆にいえば、信長は木曾三川の流れをつかむべく、自ら普請に臨んでいたとも言える。

信長が無数の絵図を描いていたことを、武田の将は知るまい。

すべてを知ったうえで信長は兵を挙げた。

増援の手筈は合戦の前から整えており、良勝は遅くなったと言ったが、ほぼ予定どおりの到着だった。

思わぬ敵勢に穴山勢は混乱している。攻めるならば今しかない。

「丹羽様は傷の手当てを。このような雑魚《ざこ》、手前一人で十分」

「ほざけ！」

芹沢が間合いを詰め、槍を突き出す。

良勝はそれがわかっていたかのようにかわすと、首筋をあっさりと切り裂いた。

穴山家の勇将は、口笛を思わせる不思議な声をあげながら馬から落ちた。

「者ども、功をあげるのは今ぞ。押せ」

良勝の声に織田の将兵が奮い立つ。

趨勢《すうせい》は大きく変わった。信長のねらいどおりに。

九

一〇月二一日　海東郡沖之島

前田利家は待ち望んでいた機会が、ようやく訪れたのを知った。

武田の騎馬武者が向かってくる。

数はおよそ三〇〇。

利家の手勢も三〇〇。

ようやく武田勢と正面から戦うことができる。

しかも前とは違い、手の内を隠さずともすむ。

「右から突っ込む。かきまわすから、その後は手筈どおりにやれい」

利家は二〇騎を率いて武田勢に迫った。

槍を抜くと、一番手前の武将に一撃をかける。

騎馬武者は槍をかざしてかわし、逆に馬を寄せてくる。

激しく馬体をぶつけて、なおかつ槍を振る。

利家はよろめきつつも穂先をかわして、今度はこちらから馬をぶつける。

面当をした顔が目の前にある。激しい息づかいがはっきり聞こえる。

冬だというのに、汗が止まらない。

火につつまれているかのように身体が熱い。

利家は槍を打ち合い、頃合いを見て下がる。

まわりの二〇騎も彼に従って下がる。

武田勢は勢いに乗って、追撃をかけてきた。その横から前田勢の本隊が姿を見せる。

準備はできており、あとは利家の命令を待つだけだ。

「放てい！」

彼が手を振ると、騎馬武者がいっせいに鉄砲を放った。

銃声が轟き、武田武者を玉がつらぬく。

またたく間に一〇騎が落ち、一〇頭の馬が横になって転げまわった。

「次、攻めつづけよ」

第一段が下がり、ついで後方の第二段が姿を見せる。

間を置かず、鉄砲を放つ。武田の武者はさらに痛手を受け、大地を転げまわる。


「このまま押せ。騎馬鉄砲の力、見せてやれ」

利家が指揮するのは二〇〇の騎馬鉄砲衆である。

織田家の切札であり、一益に預けて美濃の山中で作りあげた精鋭だ。

乗り手の多くは士分であるが、足軽もかなり混じっている。とにかく、騎馬のまま鉄砲を撃つことができる者を集めて鍛えた。

技量はきわめて高く、馬上で鉄砲を放っても、確実に敵兵に玉を叩き込む。

優れた者はすばやく馬を寄せ、相手があわてているうちに鉄砲を放って致命傷を与えてしまう。

馬を並べて鉄砲を撃つこともでき、敵の数が増えても問題ない。

甲冑はすべて黒。指物は黄色の生地で、龍の姿が染め抜かれている。

兜の前立も龍で統一されており、龍騎士の異名で呼ばれることもある。鉄砲は特別製で銃身が短く、遠くの敵は倒せないが、一回の射撃で玉が三発、飛び出すように工夫されている。

人手も武具もなかったので、数をそろえるにはおそろしく時がかかったが、ようやくここへ来て形になった。

その指揮を任されたのが利家だった。

美濃へ赴いた時、騎馬鉄砲の武者と顔をあわせて、その陣容については詳しく学んでいた。

彼自身も鉄砲を扱えるようになっており、騎馬鉄砲とともに戦うつもりだった。

「前へ出よ。穴山勢を追い払え」

利家は足軽から鉄砲を受け取ると、馬を前に出した。龍騎士の一団がそれにつづく。

穴山勢は押されて、後退するだけだった。

強烈な一撃に恐れをなしている。

さすがは信長だ。絶妙な間合いで、騎馬鉄砲を投入した。

先刻、穴山勢が先手を突き崩した時には、あえて後方にとどめて動かさなかった。攻勢にのみ使うと決めていたからだ。

滝川勢の乱入で情勢が変わったところを見て、信長は突撃を命じた。

戦の空気をしっかり見抜いている。

「押せ、押せ。穴山勢は崩れた。もはや敵ではないぞ！」

利家が指示を出すと、三〇の騎馬鉄砲が彼を追い越して馬を並べた。

銃声が轟いて足軽が倒れる。

悲鳴があがって、穴山勢はいっせいに逃げ出す。

騎馬鉄砲はそれをさらに追って、今度は馬で足軽を薙ぎはらっていく。

槍は捨てられ、陣笠が宙を舞う。

ここから先は理屈ではない。ただ押しきる。それだけだ。

十

一〇月二一日　海東郡沖之島

「芹沢伊賀守様、討死。毛利新左衛門に討ち取られた模様」

「塩津治部様、討死。滝川左京の手の者にやられたとの知らせ」

「保坂常陸守様の手勢、押されております。このままでは打ち崩されるものかと」

　次々と使番が本陣に入ってきては、不吉な報告を並べていく。信君にできるのは、それを黙って聞いていることだけだった。

　いったい、どういうことなのか。味方は押していたのではなかったか。

　織田の抵抗を騎馬武者が打ち破り、先鋒は本陣に迫っていたはずだ。右翼のみならず、左翼でも前に出て、織田勢をつつみ込む手筈だった。

「兵は我らが上回っていた。なのに、これはどういうことなのじゃ」

　信君が床机に座ったままつぶやいたところで、具足が真っ赤に染まった武将が飛び込んできた。

　市川武兵衛だ。面当は飛んでいて、頬には傷跡がある。

「殿、ぐずぐずしてはおれませんぞ」

　武兵衛は大喝した。

「織田勢が迫っております。早々に引き上げないと、この本陣も敵の槍にかかりましょう。さあ、早く」

「いや、待て。待つのだ、武兵衛」

　信君は声を絞りだした。

　大声で応じるつもりがうまくいかない。どうにも声量が落ちてしまう。

「我らは数で上回っている。負けるはずがない。立て直せばよいのだ。そうよ。後陣の川手惣太夫を送り込んで……」

「何をおっしゃるか。ここで後陣を突っ込めば、殿を守る者がいなくなります。どうやって那古野まで退くおつもりなのか」

「勝てばよいのだ。まだ手勢は……」

「無理でございます。もう押し返すことなどできませぬ」

彼方から轟音がした。

鉄砲とは異なる、はるかに大きく太い音だ。

「あれが何であるか、おわかりになりますか。大筒です。織田の者が津島から持ってきたのでございます」

「担いでか」

「わかりませぬ。ただ、戦の場にあることだけは確か」

再び砲声がして、本陣にも騒めきが走った。小姓は明らかに浮き足立っていた。

大筒は巨大な鉄の玉を放ち、土塀や門を突き崩す。頑丈な矢倉ですらもたない。

ただ数が少なく、信君もこの目で見たのは、京での一度だけだった。

そんな武具を、どうして織田が。

「前から備えていなければ、こうして使うことはできませぬ。弾正忠は、普請で我らの目をごまかしつつ、兵をそろえていました。まんまと我らは掌で踊らされたのです」

武兵衛は信君をにらみつけた。

「この戦は、どうにもなりませぬ。早々に那古野に戻り、兵を整えてくだされ。今ならば、まだ間に合います」

「いや、されど……」

「急いでくだされ。今、ここで動かねば、那古野を守ることすら無理かと」

　信君は決断しかねた。

　敵に増援が来たとはいえ、兵力では味方が上回っている。まだ余力はあるはずで、立て直せば、押し返すこともできよう。

　織田に負けて、那古野に退くことなど許されない。もし信玄の耳に入れば、どうなるか。せっかくの尾張を失うことになるかもしれない。

「駄目だ。退くわけにはいかぬ」

　信君は首を振った。

「尾張は我が版図。我が手で守り抜く」

「殿」

「織田の手勢もかぎられておる。ここをしのげば、後詰めの兵が清洲に襲いかかる。犬山や鳴海の兵もおっつけ駆けつける。そこまでの辛抱よ」

「もたぬと申しておるのです。それに……」

　そこで使番が本陣に駆け込んできて、信君の前で膝をついた。

「申しあげます。那古野城に織田の手勢が入った模様。小笠原《おがさわら》与《よ》八郎《はちろう》殿が返り忠を討ったとのこと」

「なんだと」

　信君は息を呑んだ。

　小笠原与八郎信興《のぶおき》は遠江《とおとうみ》の生まれで、今川氏に仕えていたが、没落すると徳川家康に臣従して、要衝の高天神《たかてんじん》城を守っていた。

　その徳川家が敗れ、武田の配下に加わったのであるが、その時に高天神城が取りあげられたことを不満に思っていた。信君の寄子となって尾張に移ってからも、遠江に戻りたいと訴えつづけていた。

　信君がそれを面倒に思って取りあげなかったため、ここのところ往来は絶えていた。

　今回の出陣でも那古野に残るように命じるだけ

で、なかば放置していた。

それがまさか、このようなことになろうとは。

呆然とする信君の前に、なおも使番が飛び込んできた。

「末盛城の斯波治部《しばじぶ》様、返り忠。末盛城のお味方は痛手を受けた模様」

「大高城《おおだか》、織田の伏兵に攻められ、落とされました。有泉大学《ありいずみだいがく》殿、討死。なお、鳴海城に織田の手勢が迫っているとのこと」

尾張の城が次々と落ちていく。

なぜだ。どうして、このようなことに。

「弾正忠は端《はな》からねらっておったのです」

武兵衛の声は低くなっていた。顔はこわばっている。

「尾張を取り戻すべく、この三年の間、内幕を調べ、根回しをし、隠れて兵を鍛え、どこかで我らが隙を見せるのを待っておったのです。このたびの乱は弾正忠の望むところではなかったでしょうが、これだけのことをやってのけました」

「気がつかなかった。あれだけ尾張の国衆には厳しくしたのに」

「だからこそ、わからなかったのでしょう。殿のやり方を国衆は気に入らず、表向きは従っていても、裏では矛を逆しまにする時を待っていた。織田はそこをうまくついて、味方にしたのです」

武兵衛は頭を下げた。

「これより手前は兵を整えて、もう一度、織田勢に挑みます。時を稼ぐ故、殿にはお下がりいただきたい」

「いや、されど……」

「お急ぎあれ。もはや一刻の猶予もござらぬ」

再び砲声が轟き、本陣の空気が揺れる。先刻より鬨《とき》の声は確実に近づいていた。

信君は震える声で言った。

「いったいどこへ。那古野はすでに落ちているのに」

「三河へ。高坂殿の領地ならば、大きく乱れているようなこともないはず。おっつけ高坂殿も甲斐から戻ってくるはず。しからば御免」

武兵衛は一礼して本陣を出た。

しばし、信君は立ち尽くす。

ようやく動く気になったのは、顔を血で染めた将が飛び込んできて、市川武兵衛の討死を告げた時だった。

十一

一〇月二一日　海東郡沖之島

信長が意を決して立ちあがるのと、長秀が本陣に入ってくるのは同時であった。

冷たい風が吹きぬけ、陣幕がはためく。

喚声はなおもつづいているが、先刻よりは明らかに弱まっていた。なんとかなったか。思いのほか、時はかかったが。

信長が見ている前で、長秀はわずかに足を引きずりながら膝をついた。

「申しあげます。穴山勢は兵を引きました」

長秀の声は、いつもと変わらなかった。気を張るあたりが、強情な五郎左衛門らしい。

「本陣は福田川を渡っており、そのまま那古野に向かっている様子。まだいくらか将兵は残っておりますが、ものの数ではございませぬ」

「であるか」

「ようやくひと山を越えました。那古野の小笠原与八郎殿からも使いが来ております。すぐに兵を送ってほしいとのことで」

「源五郎を送ろう」

織田源五郎長益《ながます》は信長の弟であり、若いが有能である。うまくやってくれるだろう。

信長は長秀を見やった。

「足は平気なのか」

「血は止まっております。手当てもしたので、すぐに治りましょう」

「今日のところは下がってやすめ。おぬしには、まだ働いてもらわねば困る」

長秀は何か言いたげだったが、結局、一礼しただけで立ち去った。

本陣に残るのは自分と三名の小姓、五人の旗本だけである。

戦場とは思えぬほどの静寂が広がる。

信長は腕を組んだまま、正面を見据えていた。

銃声が轟き、声があがる。

長秀の言うとおり、戦いは終わりつつある。

まもなく、戦勝を告げる使番が飛び込んでくるだろう。

なんとか穴山信君との戦いには勝った。

思ったとおりとは言いがたいが、武田の騎馬武者に押し切られる前に滝川勢を叩きつけ、寡をもって衆を討つことに成功した。

尾張の城は次々と寝返っており、穴山勢に帰る場所はない。おそらく三河まで下がるだろう。

これで信長は尾張半国を取り戻した。

このまま攻めれば、北の葉栗や丹羽も手にできるはずで、犬山の藤吉郎や丹羽の河尻秀隆と合流すれば、それはさらに早まる。

しかし、これで終わりではない。

信長の動きに応じ、武田勢は攻勢をかけてくるだろう。美濃の馬場信春、近江の山県昌景、三河の高坂弾正あたりは、すぐに兵を整え、尾張に押し寄せてくる。

まともに戦えば、あっという間に蹴散らされ、信長の首は熱田でさらされる。

それほどまでに武田勢は強い。

しかし、ここで退くわけにはいかない。

時は早まったが、自分は尾張で立ちあがった。ならば、最後までつらぬく。

再び天下を目指す。

これまでとは違ったやり方で。

信長が見ると、すばやく森蘭丸が立ちあがって声を張りあげた。

「馬、まわせ。御館様が出る」

馬廻の小姓が無言で駆け出す。

しばし間を置いて、信長は本陣を出て用意された馬に乗った。

馬上から戦場を見回す。

穴山勢は東に追いやられていて、まともに反撃すらできずにいた。数は三〇〇〇といったところか。


織田勢は騎馬が右翼から押している。

前田利家の旗印が動いているのを見て、信長は小さく笑う。

まったく、あいつは昔と変わらぬ。合戦でこそ血がたぎるようだ。

かまわない。奴はそれでいい。

問題なのは、その上に立つ自分だ。

武田家との戦いに敗れて、はっきりわかった。変わらねばならないと。

それまでは、果てしなき戦いに勝っていけば、それでいいと思っていた。

調略で味方を増やし、版図で兵を鍛えあげ、兵の数をそろえたところで合戦に出て、敵を打ち破る。その積み重ねで天下を抑えていけば、日の本に名を残す武将になることができると信じて疑っていなかった。

だが、その考えは間違っていた。

信玄は圧倒的であり、信長の野望を一撃で打ち砕いた。あの怪物を超えるためには、もっと先を見据えて動かねばならない。

畿内を押さえる程度では、話にならない。日の本を統《す》べる。それでも厳しい。

もっと遠き世界。

遙かなる地平の彼方に広がる国々に思いをはせ、そこに手を伸ばす。

そこまで考えてこそ、武田家を打ち破り、天下に名を轟かせることができる。

これまでのように畿内を中心にした狭い天下ではなく、もっと広い日の本の隅々まで手が届くような天下に。

そのためにこそ、三年半を耐えてきた。

武田の武将に蔑《さげす》まれながらも、書を読み、人と会い、一人考えに耽って、広い視野を得た。

南蛮の知識に触れて、これまでとは違う考え方もできるようになった。

自分は成長した。過去の己に新しい知識を混ぜ合わせ、未知の世界に踏み出した。

あとは、新しい自分がどこまでできるか試すだけだ。

この戦国の世で。

信長は馬上から戦の場を見つめる。

合戦の声は、さらに小さくなっていく。決着は、どうやらついたらしい。

第四章　美濃の激闘

一

一〇月二五日　稲葉山城

馬場信春は具足をつけたところで、板敷きの広間に出た。そこに待っていたのは一人で、信春を見ると頭を下げた。

「遅くなって申しわけありませぬ」

「おぬしが来てくれたのか、土屋安房。大垣を守るので忙しかったのであろうに」

信春の声に、土屋安房守昌続が顔をあげて応じた。

「三枝《さえぐさ》左近《さこん》に任せてきました。直に顔をあわせたいと思いまして。加賀様との話が終わり次第、すぐに戻ります」

大垣城の主であり、美濃三人衆と戦っている昌続がわざわざ姿を見せてくれた。これで、事の次第をつかむことができよう。

信春はあえて上座ではなく、昌続の前に腰を下ろした。

序列など関係ない。対等の立場で話がしたかった。

「して、大垣の情勢はどうか」

「うまくありませぬ」

土屋は、美濃三人衆の攻勢が思いのほか強いと語った。兵の数も増えており、すでに一万五〇〇

○に達しているという。
「不破関が押さえられてしまい、山県様とのつなぎが取れませせぬ。どうも畿内での騒ぎに手を取られているようでして、こちらに兵をまわすゆとりがないとのことです」

「若様は何を考えておられるのか。今、大事なのは、弾正忠であろうに。荒木など放っておいてよい。このままでは尾張を乗っ取られるぞ」

信頼は畿内の敵を気にしすぎている。いっそ京を捨てるつもりで行動してほしい。

「西美濃の国衆は三人衆と行動をともにしております。無論、我々に味方する者もおりますが、数は少なく、兵を動かすのもむずかしい有様。正直、このまま攻めつづけられれば、どうなるかわかりませせぬ」

「そうか」

信春は顔をしかめた。

「こちらも同じよ。稲葉山の足元も騒がしくなっておる。小さな争いはやまず、いつ乱が起きてもおかしくない有様よ」

「秋山様も動けぬとか」

「遠山勢が動いており、それを抑えねばならぬからな。手を貸してくれるとは思わぬことだ」

美濃は大きく揺れている。

武田の締め付けは苛烈であり、それに対する反発が信長の蜂起で爆発的なまでに高まった。

信春は国衆と話をし、できるだけことはしたつもりだったが、残念ながら彼らを信服させるところまではいかなかったようだ。

「尾張の乱は、収まるところを知らぬ。わずか半月で、ほとんどが織田の手に落ちた。残るは葉栗の一部だけよ。そればかりか、織田勢は美濃にも出て来ておる」

「存じております。安八で、すでに我らの手勢とぶつかっております。まだ小競り合いではございますが、この先、どうなるか」

昌続の表情には焦りが見えた。

彼にしては珍しい。それだけ先々を憂えているということなのだろう。

「苦しいが、ここは踏ん張ってもらうよりない。退くことはできぬ」

「無論で。ここは武田家家臣として、死に物狂いで働きましょうぞ」

「よく言ってくれた。そのおぬしだからこそ頼みたいことがある」

信春は、己の思いを一気に語った。

「話が終わったら大垣に帰ると申したが、それはやめてもらいたい。おぬしは儂に代わって、この稲葉山城を守り、美濃の乱を治めてほしい。

むずかしいとは思うが、山県駿河や秋山殿とのつなぎを取りつつ、甲斐本国に事の次第を告げてもらいたいのよ。できるな」

「はっ、はい。かまいませぬが、加賀殿はいかがなされるので」

「儂は手勢を率いて尾張に出る。弾正忠の首を取り、乱の根を一気に断ちきる」

「な、なんと」

「やるならば、今しかない。乱が起きてからわずか半月で、ここまで来てしまった。二月《ふたつき》、三月《みつき》と経ったら、このあたりは間違いなく織田の手に落ちよう」

信春は、信長を放置していたことをひどく悔いていた。

危険な人物であることはわかっており、武田家に仇《あだ》なすことも感じとっていた。なのに、たった二郡の主と侮って、手を打たずにいた。

その結果が尾張の大乱である。

無策の責任を取るためには自ら出陣して、信長の首を手にするしかなかった。

穴山勢が敗北したという知らせを聞いてから、信春は尾張に討ち入る決断を下していた。

「あとは任せたぞ」

「お待ちくだされ。加賀殿の手勢はおよそ三万。そのうちのいくらかは、東美濃の抑えにまわさねばなりませぬので、連れて行くことはできぬはず」

「一万五〇〇〇万で勝負に出るつもりよ」

「そ、それではあまりにも少ないのでは。弾正忠の手勢はふくれあがっており、一万を超えております。正面からぶつかれば、どのようなことになるか」

「数で優っていれば、それでよい」

信春は笑った。

「それとも、なにか、我が手勢が織田の手勢に後れを取るとでも思っているのか」

「い、いいえ、そのようなことは」

「気にかけてくれるのはありがたい。だが、ここはやるべきことをやらねばならぬ。それが御館様からこの地を預けられた者の責務」

信春は土岐家のお目付役という形で、実質的に美濃を任された。

信玄からも、直々に頼むと言われている。

美濃の安寧を託されたのに、何も手を打つことができず、ただ乱が広がるのを見ていた。

これ以上の無策は許されない。

自らの手で決着をつけるべきであり、そのための準備を整えてきた。

「では、頼むぞ」

「お待ちください」

昌続は腰を浮かした信春に声をかけた。

「馬場殿の覚悟、しかと見届けました。存分に働いてくだされればと思います。ただ、一つだけ。一万五〇〇〇の手勢はいささか気がかり。手前が連れてきた三〇〇〇をお使いください」

昌続は深く頭を下げる。

「さすれば、なんの憂いもなく、この稲葉山城を守ってみせましょう。押しつけがましいとは思いますが、なにとぞ」

信春は昌続を見おろした。

頭を下げる姿からは、信春に対する真摯《しんし》な思いが伝わってくる。

昌続は若いが、版図が近いこともあって、この三年、交わる機会は多かった。彼がどのような人物なのか、信春は身をもって知っている。

「あいわかった。では、手勢を借り受けよう。ただし二〇〇〇だ。残りの一〇〇〇は万が一のために残そう。うまくやってくれ」

「ははっ」

「では」

またと言いかけて、信春は口をつぐんだ。

大股で広間を出た時、彼の心はすでに合戦に向いていた。

二

一〇月二六日　美濃国安八郡楡俣

「おう、修理殿。久しぶりで」

丹羽長秀が声をかけると、髭だらけの武将が振り向いた。顔には笑みがある。

「五郎佐か。生きておったようでなによりだ」

柴田勝家は歩み寄ってくると、長秀の右足をみやった。

「派手にやられたそうだな」

「かすり傷よ。どうということはない」

「無理をせず、後ろに引っ込んでおればよい。今度は儂の出番よ」

厳しい情勢にあっては、頼もしい言葉だ。長秀も思わず笑みを浮かべる。

勝家の手勢二〇〇〇は、美濃三人衆とともに大垣の攻囲に加わっていたが、信長が北上するのにあわせて揖斐川を下り、楡俣《にれまた》の西で合流した。

こうして顔をあわせるのは、二年ぶりだ。

雄大な体軀はあいかわらずで、鍛えていることが見てとれる。武士としての力量は落ちていない。

「それにしても、美濃に出てくるとはな。さすがに御館様よ」

「那古野にこもるという手もあったが、一顧だにされなかったようだ。自ら境を越えて前に出る。それが御館様の戦い方よ」

尾張を統一する時も、美濃を攻略する時も、必ず信長は敵地に足を踏み入れて戦った。

浅井や朝倉と渡りあった時も、主な舞台は近江であり、美濃に敵を引きつける策を取ったことは一度としてない。

その姿勢には長秀も敬意を表する。

「尾張に引っ張り込んで戦えば、それだけ民が巻きこまれる。そこは、気にかけぬとな」

「尾張は我が本陣。ここで民を失うことになれば、あとあと響く。怨嗟《えんさ》の声があがれば、武田がやられたように、我々も背後からひと突きされることがありうるか」

穴山勢があっさり負けたのは、尾張の民を敵にまわしたからだ。糧食の徴発も満足にできず、道案内の村人も途中で逃げ出す始末だ。

さんざんに足を引っぱられ、それが合戦に影響を与えた。

「尾張を荒らさぬためにも、あえて美濃に踏み出した。それは間違っておらぬが……」

長秀は北に顔を向ける。

視線の先に広がるのは、冬枯れの大地だ。灰色の光景が彼方までひろがる。

長良川と揖斐川に挟まれたこの地域は水害が多く、人も作物も根づきにくい。大雨が降れば、何もかも流されてしまう。

大地は肥えているかもしれないが、木曾三川の暴れっぷりを見れば、この地を生かすのはむずかしかろう。

信長の普請も実を結ぶかどうか、やってみなければわからない。

「物見から知らせが入った」

勝家も長秀と同じく、北に視線を向けていた。

「武田勢が北方から迫っている。大垣ではなく、岐阜からな」

「馬場加賀の兵か。数は」

「一万八〇〇〇。どうやら本気で、我らを叩きつぶすつもりらしい」

「我らの手勢は、ようやく集めて一万二〇〇〇。相手が武田勢となると、しんどいな。とりわけ相手が馬場加賀守ではな」

長秀は近江・美濃の大乱の折、信春の戦いぶりをつぶさに見ている。

すさまじい手際で、少々数で劣っていようとかまわず突き進み、相手を食いちぎった。

攻めてくれば退き、退けば頃合いをあわせて攻める。相手がどのように考えているか、端からわかっているかのような動きで、まるで刀で紙を切るかのごとく敵陣を突き破った。

騎馬勢の扱いは見事としか言いようがなく、信春が自らの手で操っているかのようだった。

信春の一撃で、一万の斎藤勢はなす術《すべ》もなく崩れ去り、大将の龍興は信春の家臣によって捕らえられた。

「鬼か夜叉のようであったわ。あやつの相手はひと苦労。我らが束になってもかなうかどうか」

「それでも、やらねばならぬ。策は講じているのだろう」

勝家の言葉に長秀はうなずいた。

「無論。できるだけのことはした。されど、そのすべてを打ち破るだけの力を向こうは持っておる。果たしてどうなるか」

「やらねばならぬ。さもなくば、我らは帰るところを失い、首を討たれるだけよ。ならば、死力を尽くそうではないか」

「ああ。ここで織田家の先々が決まる」

美濃の大地に踏みだして勝利をつかめば、織田家は地盤を固め、武田家を相手に、もう一度、仕掛ける機会を得る。

負ければ、それでおしまいだ。勝家の言うとおり、全員の首が熱田に並ぶ。

長秀が勝家を見るのと、相手の口が動くのは、ほぼ同時だった。


「物見が帰ってきたぞ」

指物をした騎馬武者が駆けよってくる。

「どうやら先鋒がぶつかったようだな」

三

一〇月二六日　安八郡本戸

依《よ》田《だ》常陸介《ひたちのすけ》信蕃《のぶしげ》は馬を押し出すと、大きく手を振った。

「押せ、押せ。織田勢、崩れておるぞ。ここは押しどころぞ」

太鼓の音色にあわせて、騎馬武者がいっせいに前に出る。

相手は織田の騎馬武者だ。隊列が崩れていて、一部は後退に入っている。

動揺が広がる中、武田の騎馬武者が突っ込む。

織田の武者はたちまち討たれて、砂埃の中に消えていく。

反撃する者もいるが、長くはつづかない。

信蕃は馬の腹を蹴った。

功名をあげるのであれば、ここだ。せっかく得た戦の機会、ここで逃すわけにはいかない。

信蕃は信春の命令を受けて、主力よりもひと足早く稲葉山城を出ていた。

織田勢の情勢は手元に届いており、早々にその鼻面を押さえる必要がある。大垣の美濃三人衆と合流するようなことになれば、何かと面倒である。

とにかく織田勢の居場所をつかみ、必要とあれば仕掛けることが肝心だった。

信蕃は長良川に沿って南に下り、楡俣の北に達した。織田勢を見出したのは、辰の刻（午前八時）を少し過ぎたところだった。

二〇〇〇の手勢が進出して、周囲の情勢を探っているのが見てとれた。

はじめて見る旗印で、どこの者かはわからない。

ただ織田勢であることは間違いなかったので、信蕃は使番を信春に送ると、自らの手勢を率いて近寄った。

喚声をあげたのは、三町を切ってからだ。

織田勢はこちらの動きに気づいておらず、横合いからの一撃を受けることとなった。

戦いは優勢に進み、味方は織田勢を踏みにじりつつある。

「そこの者、名を名乗れ。我は武田家中、依田常陸介。勝負よ」

信蕃は声を張りあげ、馬上の敵に迫った。

「どうした。名乗れぬほどの小者か」

「手前は、織田家中、佐久間理助。小者かどうか、やってみるがよい！」

佐久間理助盛政は槍を高々とかかげて、信蕃に迫ってきた。まだ若いらしく、動きが実に荒々しい。

「笑止。その首、ここに置いていけ」

信蕃も前に出て、盛政との間合いを詰めた。

若武者の姿が目の前に迫ってきたところで、槍を突き出す。盛政はひねってかわすと、上から強烈な一撃を振りおろす。

信蕃は馬を下げて、間合いを取る。

しかし、それも一瞬で、右にまわり込んで槍を突きたてる。

穂先が兜をかすめて、乾いた音があがる。

「動きが鈍いぞ」

信蕃は右にまわりながら、槍で攻めたてる。

盛政も応じようとするが手綱の動きは遅く、槍をかわすだけで精一杯だ。

「馬はよいのに、それを乗りこなすことができぬとは。幼い、幼いな。戦いの場に出てくるには、まだ早すぎぎよ」

「ほざけ」

強烈な突きが来る。

信蕃はさらりと切っ先を弾くと、間合いを詰めて飛び込み、槍を払う。

垂《たれ》が吹き飛び、首筋が露わになる。

つづく一撃で、今度は袖が飛ぶ。なおも仕掛けようとするも、そこに太い声が響く。

「若、ここはお引きを」

盛政の家臣らしい。堂々とした当世具足を身につけ、槍ではなく、矛を手にしている。

「こやつの相手は手前が」

「余計な手出しをするな。俺が仕留める」

「つまらぬことをおっしゃるな。若がやるべきなのは、大将を助けて手勢をまとめあげること。ここまで崩れてしまっては、退くよりありませぬ。さあ、早く大将のところに」

「されど」

「時がありませぬ。急いで」

盛政はしばし迷っていたようであるが、やがて馬首を返すと、後退に入った。

何度も振り返るところが、まだ若い。

「殊勝な心がけであるな。主の身を守ったか」

「おぬしを討ち取りに来たとわからぬか。いざ、勝負」

武者は一瞬で間合いを詰めると、馬をぶつけてきた。互いの息づかいが感じられるところまで近づいたところで、槍を振る。

切っ先は裾板をわずかにかすめる。

「もらった」

つづく一撃は咽喉をねらっている。

すべてを見きって、信蕃は迫る切っ先をかわすと、その手の甲を強く叩いた。

一撃で槍が手から落ちる。

「あっ」

小さな悲鳴を耳にしたところで、信蕃は槍をまわすと、石突《いしづき》で武者の身体を強く押した。

均衡を崩して、武者は大地に落ちる。

そこに五人の足軽が襲いかかった。

「くそっ、おぬしら」

手足を押さえられて、武者は逃げることもできない。もはや信蕃の役目は終わった。

最後の瞬間を目にすることなく、彼は次の相手を求めて馬を走らせた。

四

一〇月二六日　安八郡本戸

馬に槍が突き刺さった瞬間、塙九郎左衛門直政《ばんくろうざえもんなおまさ》は馬から飛び降りていた。

激しくいないて、馬はその場に倒れる。

乗っていたら巻きこまれていた。

膝をつきつつ直政が顔をあげると、正面から武田の足軽が迫ってきた。

騎馬武者の従者だ。刀を抜き放ち、血走った目でにらみつけている。

「くそう」

直政は刀を抜いて敵と対峙する。

足軽はすさまじい勢いで迫り、上段から大刀を振りおろしてきた。

鈍い音がして、刃がからみあう。

三度、それがつづいたところで、直政は横に跳び、顔に刃を突きたてる。

目をつらぬかれて、足軽はあおむけに倒れた。悲鳴すらあがらない。

直政は大きく息をついたが、休むことはできなかった。目の前で大声があがったからだ。

「皆の者、ここに織田の武者がいるぞ。討ち取って功名をあげい！」

彼の馬を倒した武田武者だ。まわりの者を煽っている。

近くの足軽が目を輝かせて迫ってくる。

半槍が陽光をあげてきらめく。

討たれてはならない。なんとしても逃げ延びる。

直政は信長の命令を受けて、本陣より一里ほど北に出て陣を張っていた。

武田家の動向を調べつつ、新たな軍勢を迎えるためだ。貴重な兵力であり、彼らが加われば武田勢と五分に戦うこともできる。

信長はもちろん、長秀や勝家といった宿老も期待しており、到着の時を待ちわびていた。

だから騎馬武者が砂埃をあげて姿を見せた時、直政は自ら前に出て、迎え入れる準備をした。まさか敵が来たなどとは思いもしなかった。

思いもよらぬの形での合戦となり、直政の手勢は押された。すでに陣形は崩され、武田の騎馬武者に足軽勢は踏みにじられている。

家臣も討たれ、直政は後退に入ったが、ここで馬を失った。なんとか窮地を脱しないと。こんなところで終わるわけにはいかない。

直政は下がりながら刀を構える。

たちまち足軽が駆けより、彼をつつみ込む。

間を置かず槍が迫る。

刀で払うも、相手は五人だ。すべての穂先をかわすことはできない。

手足が切り裂かれて血が飛ぶ。

よろめきながら、直政は下がる。

槍はなおも迫り、兜を激しく叩く。

面当が飛んで顔面が露わになる。

逃げ道はないのか。どこかに道は。

周囲を見回すも武田勢の壁は厚く、行き場は見当たらない。味方の姿もない。

「こんなところでやられるか！」

かつて直政は、馬廻として信長の活動を支えていた。堺で鉄砲を調達し、寺社の騒動をうまくまとめた。商人に朱印状を与えたこともある。

長秀や木下秀吉とともに働いたこともあり、織田の武将として高く評価されていた。うまくいけば、山城《やましろ》で城をもらうこともできた。

不幸にして信玄が上洛したため、すべてを失うことになったが、それでも直政は織田家にとどまり、再興の機会をねらっていた。

ようやく兵を挙げ、尾張、美濃を取り返そうというこの時に、つまらぬ足軽に討ち取られてはなんの意味もない。

直政は絶叫して刀を振りまわす。

あまりの勢いに足軽はひるんで下がった。

わずかにできた隙に、直政は身体をねじ込んだ。

まわりを見ずに走り出す。

穂先が手足をかすめるも気にしない。

顔をあげると、右に味方の旗印が揺れていた。

佐久間盛政だ。近くにいたのか。

「おおい、理助、ここだ。儂はここに……」

その声は、目の前に現れた武者によって遮られた。馬が彼の逃げ道をふさぐ。気づいた時には体当たりを受け、直政は大地に転がっていた。

「おのれ」

立ちあがろうとしたところに、足軽が駆けよってくる。その目は狂おしい輝きを発している。

「やめろ。おい」

直政は声を張りあげる。

その首筋を槍がつらぬいた時、すべてが終わった。

織田の将は口から血を吐きながら、あおむけに倒れる。その目から光が消えるまで、さして時はかからなかった。

五

一〇月二六日　安八郡本戸

馬場信春は使番の報告を聞くと、馬に乗ったまま顔を正面に向けた。

砂塵の中、敵味方が激しく打ち合っている。

騎馬武者が足軽に襲いかかり、馬蹄で容赦なく踏みにじる。逆に、馬から落ちた武者には足軽が飛びつき、槍を突きたてる。

喚声があがり、味方は織田勢を追い込んでいく。

「常陸介はよくやっているようですな」

顔を向けると、烏帽子を思わせる大きな兜をかぶった武者が馬を並べてきた。

蒔絵《まきえ》胴で、赤い椿が描かれている。籠手の菊の絵が下地が白のせいもあり、まるで浮きあがっているように見える。

裾板も袖も赤だ。

京でしつらえた代物で、派手な武者が増えた今でもひと際、目を惹く。

原出羽介昌胤《はらでわのすけまさたね》は、口元に笑みを浮かべながら合戦の場を見ていた。

「任せてくれと言われた時には、どうなることかと思っておりましたが、うまく突き破った様子。なかなかの手並みかと」

「そうよな」

織田勢は武田勢に切り裂かれていて、陣形を保つことすらむずかしい。

せっかくの鉄砲足軽も玉を放つ時間がなければ、どうにもならない。一方的に攻められて下がらざるをえない。

「あれならば、我らが行かずともよいでしょう。無駄に兵を使うことはありますまい」

「そうありたいものだ」

信春は一万三〇〇〇の手勢を率いて、稲葉山城を出陣。途中で原昌胤の五〇〇〇と合流して、長良川沿いを南に下った。

依田信蕃を送ったのは、織田勢の一部が先行していたからだ。

様子を見るだけでよかったのだが、信蕃は敵が同数と見ると果敢に攻めたて、見事に打ち破ってみせた。

勝利を手に入れたことはうれしいが、信春としては単純に喜ぶ気にはなれなかった。

「相手は二〇〇〇でしかなかった。依田が出てくるとは思わず、油断していたのだろう。あれを織田のすべてと思わぬほうがよい」

「さようでございますか」

「それに、なぜ織田が二〇〇〇の兵を前に出していたのか、それが気になる。本陣から一里も離れているのは、どこかおかしい」

「物見ではないですか。我らと同じことを考えたと、手前は見ますが」

「どうかな」

信春の声は自然と渋くなる。

「織田は手勢が少ない。二〇〇〇も切り離してしまえば、不利になる。それにこのあたりは、もとは織田の版図。村の者も手を貸してくれるであろうから、わざわざ兵を出すともよかろうに」

「気にしすぎではありませぬか。単に思いついただけのことかもしれませぬ」

昌胤は笑った。

「西美濃での騒動以来、馬場殿は織田家を気にしすぎておるようです。

なるほど、穴山勢を打ち破ったのは見事でございますが、それは多分に運があってのこと。我らが本気でかかれば、物の数ではありますまい」


原昌胤は若い時から信玄に仕え、信濃攻めで功をあげた。今川家との戦いでは要衝の大宮城を攻め落とし、戦功で駿河富士郡を任されたほどだ。

才覚はある。

しかし、その一方で派手なふるまいが多く、信玄の不興を買うことも多かった。伏見では派手に遊んで、京の茶人ににらまれた。

挙げ句の果てに、二条城の大手門で山県昌景の家臣と刃傷沙汰を起こし、信春の手勢が仲裁に入る事態を引き起こした。

これには信玄も激怒し、弁明の機会も与えられず、知行地の大半を取りあげられてしまった。

今は信春の寄子として金山《かなやま》城に詰めている。

美濃の要衝を任されてはいるものの、その軽薄さ故に、信春は昌胤に信頼を置けずにいる。

大事を決める時には、土屋昌続と話しあうことが多く、昌胤には決まったことを告げるだけだった。

「もうひと押しです。四半刻で戦は終わりましょう」

織田勢は大きく崩れており、いつ後退に入ってもおかしくない。

塙直政を討ち取ったという知らせもある。

だからこそ、かえって気になる。

なぜ、あそこまで打ち破られて下がらないのか。本陣が南で待っているのだから、早々に合流すればいい。

踏みとどまれば、さらに被害が大きくなるとわかっていて、まだ合戦をつづけている。

何かわけがあるのではないか。

「儂が行こう。気になるのでな」

昌胤は何も言わず、ただ、疑念のこもった目を向けてくる。

確かに、自分はこだわりすぎている。

しかし相手は、あの信長だ。

何か策があるのではと考えるのは当然であろう。無邪気に勝ちを喜ぶだけでどうする。

信春が手綱を握りしめたその時、赤い指物をした使番が彼らに駆けよってきた。

信春は馬から下りて、使番に自ら歩み寄った。

「どうしたか」

「申しあげます。大垣の南に三〇〇〇の手勢が姿を見せた模様。こちらに向かっております！」

「馬鹿な。指物は？」

「白地に亀甲剣花菱」

「なんと……では」

「おそらく浅井勢かと」

さすがに信春は驚いた。

なぜ、このようなところに浅井勢が姿を見せる。

ここは美濃であって、近江ではない。

「何かの間違いではないのか」

「いえ、確かに浅井勢です」

使番の口調に変化はない。

「我が方の砦を攻めているところから見て、織田勢に味方しているものかと」

「信じられません。浅井勢がどうして」

つぶやいたのは昌胤だった。顔は青ざめている。

「浅井は我らの味方のはず。なのに……」

「よくはわからぬ。わからぬが……」

信春は顔をしかめた。

「これも弾正忠の策であろう」

「なんと」

「おそらく前から浅井家に話を通し、尾張、美濃で動きがあれば、早々に兵を送るように仕向けていたのだろう。この早さから見て、三人衆が動いた時には、もう使いを送っていたに違いない」

美濃三人衆は騒動を起こすと、早々に不破関を押さえた。それは、近江の武田勢を抑えるのと同時に、浅井勢を美濃に通すための奇手であった。

かなり前から織田家と浅井家はつながっていた。でなければ、これほどの早さで美濃に乱入するのは無理だ。

思い当たる節はある。

浅井家は武田の国割に不満を抱いており、当主の長政は何度となく上洛して、信頼に境目を変えてくれるように訴えていた。

佐和山の近くで小競り合いも起こしている。

近江・美濃の大乱でも不穏な気配を見せており、山県昌景は警戒を強めていた。

いつか何かすると、信春も気にしていた。しかしまさか、ここで動くとは。信長は、どれほど先のことを考えて手を打っているのか。

「馬場殿、どうすれば……」

「浅井勢が姿を見せたとなれば、流れは変わる。放っておけぬ」

信春は馬に乗った。

「常陸に使いを送れ。早々に下がるようにとな。織田勢がここに踏みとどまっていたのは、おそらく浅井勢とつなぎを取るため。下手をすると、横合いから攻められるぞ」

「馬場殿、あれを」

昌胤の声に顔を向けると、揖斐川の堤に沿うようにして黒い塊が動いていた。

騎馬武者の軍勢だ。

隊伍を整え、こちらに向かっている。

早い。もう姿を見せたのか。

六

一〇月二六日　安八郡本戸

浅井備前守長政は味方の前に出ると、大きく手を振った。

「押せ。ここで勝ち負けを決めよ！」

視線は自然と北に向く。

「武田勢は退いておる。ここで叩けば、後々の戦いが楽になる。手をゆるめてはならぬ」

「殿の申すとおりだ。仕掛けよ！　敵を逃がすな」

若い武者が馬を左右に走らせて、味方の動きを煽る。

さすがの手並みで、見ていて気持ちがいい。

藤堂高虎《とうどうたかとら》は長政の側近で、二一歳の若さで先手衆大将となった猛者《もさ》である。

もとは足軽であったが、姉川の合戦で戦功をあげて名を売った。

武田が上洛すると長政とともに上洛し、京で取次の役目を果たし、そこでも有名となった。

機を見るに敏で、何をやらせてもそつがない。

二年間、蔵入地の代官を任せていたが、一度として面倒を起こすようなことはなかった。苦労が多かったこともあり、人の機微に聡く、もめごとを仲裁するのがうまかった。

大将に抜擢したのも、先手衆をうまく束ねてくれると期待してのことだ。

今のところ、それはうまくいっており、高虎の言葉にはひと癖あるような将もうまく従う。

高虎の指示にあわせて、浅井勢は前へ出た。騎馬勢は逃げる武田勢に追いついて、さんざんに打ち据えている。

「進め。合戦はこれからが本番。皆の者、こころするがよい」

長政の言葉に、侍衆が声をあげて応じる。よくまとまりが取れている。これならば、明日の戦いもいけるだろう。

長政が行き先を変えると、高虎が馬を寄せてきた。その顔はこわばっている。

「どうした？」

「御館様、あれは……」

高虎の示す先には騎馬の一団があった。

一〇騎あまりか。たいした数ではないが、隊列は整っている。

先頭を行くのは芦毛の馬に乗った武者だ。

馬印がそれにぴたりと寄り添う。

陽光を浴びて揺れるのは、金の傘だ。

「まさか」

長政は驚いて前に出た。

すぐに騎馬武者の一団は、長政の前に達した。

先頭の将は、南蛮具足に羅紗《らしゃ》の合羽といういでたちで、前立のない銀の兜をかぶっていた。大きな大刀を佩《は》き、南蛮風の籠手をしている。

彼を見つめる視線は強烈だ。

まるで心の炎が浮き出ているかのようで、見つめられるだけで身体が焼けそうである。

馬に乗っているだけで目を惹く武将は、織田信長以外にはいない。

「来てくれて助かった」

信長はカン高い声で語りかけた。

「おぬしらが救ってくれなければ、一兵残らず、武田勢に討ち取られるところであった。礼を言う」

まさか、信長が自ら前に出てくるとは。しかも合戦が終わっていない頃合いで。

「いえ。こちらこそ、遅くなりまして申しわけありませんでした」

長政は馬から下りようとしたが、それを信長が手で押しとどめた。静かに馬を寄せてくる。

「久しいな。息災ないか」

「はっ。おかげさまで」

「市《いち》はどうしておる。健やかか」

「四人の子と小山の城でゆるりと過ごしておりまする。兄上のことを気にしておりました」

「まだ、儂のことを兄と呼ぶか」

「市は手前の嫁。そのことに変わりはありませぬ」

織田と敵対したものの、長政は妻の市を離縁せず、手元に置いた。武田家が上洛してからも、それは変わりない。

武田家の家臣からそれとなく文句を言われたが、長政は気にしなかった。

信長がゆるやかに馬を前に出したので、長政もそれにつづいた。

合戦はまだつづいているが、武田勢が後退していることもあり、喚声は小さくなっていた。鉄砲の音はほとんどない。

信長が口を開いたのは、戦場に北からの風が吹いた時だった。

「正直、おぬしが来てくれるかどうかわからなかった」

その声は、冬の空気を切り裂いてよく響いた。

「武田に味方して、うまくやっているようであったからな。ここで儂に味方すれば、積みあげてきたものはすべて失う。そこまでの無茶、儂ならばしなかったやもしれぬ」
「何を申されますか。我らがうまくやったことなど、一度としてありませんでした。武田家はいつでも力まかせに好きにやっていて、こちらの言い分など端から聞く気がなかったようで」

浅井家は武田家の上洛にあたって、彼らに味方して信長を抑えた。

浅井、朝倉が兵を引きつけていたからこそ、信玄はたやすく三河、尾張に入り、信長を降すことができた。それは疑いようのない事実だ。

当然、長政は厚遇を受けると期待していたが、武田の国割では逆に所領を失い、六角や京極といった没落した一族が土地を賜るのを見ているだけとなった。

一時は佐和山城どころか横山城も失い、小谷城は六角と領土と接する事態に追い込まれた。

幸い近江・美濃の大乱で六角が没落したので、横山城を取り戻すことはできたが、江南の地は武田の将が押さえてしまい、思ったように版図を拡大できなかった。

そればかりか朝倉と境目をめぐって争い、武田の裁定が入って伊香《いか》郡の一部を失ったほどだ。

磯野員昌《いそのかずまさ》や宮部善祥坊《みやべぜんしょうぼう》といった浅井の重臣は怒り狂い、一戦するもやむなしと気勢をあげたが、長政はなんとか押さえ込んだ。

うかつに戦えば、所領どころか、浅井家そのものを失いかねない。それを武田家がねらっていることも十分にありえた。

懸命に耐えていたところに、信長からの書状が届き、長政の心は動いた。

丹羽長秀と会い、信長の本心を聞いてからは、なおさらだ。

長政は決断を下し、尾張の混乱を受けて手筈どおりに兵を挙げた。城を磯野に任せ、自ら手勢を率いて美濃に乱入したのは、浅井家の心意気を示すためだった。

「なんとか追い払いましたが、これで終わりではないでしょうな」

長政の言葉に、信長は北方に視線を向ける。

「であろうな。馬場加賀が来ておる。明日には矛を交えることになろう」

勝てるのかと聞きかけて、長政は言葉を呑み込んだ。

信長は兵を挙げた。ならば、それは勝算があってのことだ。

おそろしいほどの工夫を凝らし、今にも断ちきられそうな細い糸をたぐり寄せて、勝利をつかむ。

それが信長という人物だ。

桶狭間でも、美濃攻略でも、上洛の戦いでも、そうしてきた。敵となった姉川の戦いでは、この身をもってそのことを思い知らされた。

今回も死力を尽くして、勝利のための手を尽くすだろう。

ならば、後は轡《くつわ》を並べて戦うだけだ。かつて、そうであったように。

「では、手前は兵を整えて参ります。また明日」

信長はうなずいて馬を返した。

その横顔はかつてないほど引き締まっている。

織田と浅井、いや、天下の命運をかけた戦いがはじまろうとしている。

勝者は彼らか、それとも武田家か。

長政は身震いを抑えながら、馬を走らせる。

すべては明日、決まる。

第五章　新たなる天下

一

一〇月二七日　安八郡五反郷

信春が姿を見せると、依田信蕃の目が大きく開かれた。あわてて走り寄る姿には動揺がある。

「どうなさったのですか、馬場様。こんなところまで出てくるとは」

「この目で織田勢を見ておきたかった。どうだ？」

「布陣は終わっています。見てのとおりで」

灰色の大地に軍勢が並んでいる。

魚鱗の陣であり、先手と一の陣、二の陣の間隔はきわめて狭い。

本陣もかなり前だ。

話に聞いたよりも前掛かりで、鉄砲が火を噴くまで半刻とかかるまい。

「数はどの程度と見る」

「一万五〇〇〇かと。浅井勢は我々から見て右翼におるようです。浅井長政の旗を物見が見ております」

「自ら出て来たか」

「こんなところで返り忠を討つとは。いの一番に討ち取って、京に首をさらしてやりましょうぞ」

信蕃の声には怒気があった。

昨日は最後のところで浅井勢に攻められて、大きな痛手を受けた。わずか半刻で五〇〇の兵を失ったわけで、恨みがたまっていても仕方がないところだ。

信春は敵陣をにらむ。

敵陣に大きな動きはなく、武者も足軽も陣形を乱さずに前に出ている。

実によくまとまっており、その時が来れば、いっせいに攻めかかってくるだろう。

小競り合いから一日が経って、いよいよ信春の手勢と織田勢は正面から相まみえることとなった。

合戦の地は五反郷《ごたんごう》で、昨日よりはわずかに南に下がっている。

冬の風が北から吹きつける。冷たいが、甲州の風に比べればたいしたことはない。

居並ぶ武田勢は、いきりたっている。信蕃のように今にも突撃しそうな者ばかりだ。

それも足軽ではなく、名のある士分に目立つ。

普段の信春なら、たしなめるところだが、今日はあえて何も言わなかった。

合戦の場では、頭に血がのぼっているぐらいでよい。先手衆ならば、なおさらだ。

全体を見るのは信春の役目であり、血気にはやる将をうまく操ってこそ大将と言える。これまで何度となくやってきたことであり、自信はある。

「昨日より一里ほど下がっているようだ」

「そのようですが、このとおり山も谷もないところですから、少しぐらい下がっても同じことで。物見をして伏兵がおらぬことも確かめてあります」

「正面からの戦いか」

あの信長が、そのようなことをするのか。

武田勢は昨日の戦いで数が減ったとはいえ、一万七〇〇〇。一方の織田勢は、浅井が加わっても一万五〇〇〇程度。

将兵の力を考えれば、武田勢が上回っているわけで、それぐらいのことは信長もわかっているだろう。

なのに、正面から仕掛けてくるとは。

そこまで考えたところで、信春は首を振った。

「どうかなさいましたか」

「いや、なんでもない」

どうにも細かいことを気にしすぎている。

穴山勢を破った織田勢の戦いが鮮やかだったので、何か裏があるのではと勘ぐってしまい、正しい物の考え方ができなくなっているようだ。

信春が空を見あげると雲が切れて、やわらかい光が降りそそいできた。

風は弱く、一〇月の終わりであるというのに、温かさを感じるほどだ。

夏に水が出たこともあり、視界を遮る木々はおそろしく少ない。

開けた大地での戦いとなる。

ならば、まっすぐに押すべきだろう。

まずは目の前の織田勢を破る。それだけを考えればよい。

「そろそろはじまるな」

「そのようで」

信蕃が応じたところで銃声が響いた。

一発で、まだ戦がはじまったとは言いがたいが、信春は心の中で銅鑼《どら》が鳴るのを感じた。

尾張の、いや武田家の命運を決める戦いがはじまったことを。

二

一〇月二七日　安八郡五反郷

風を切る音がして、弓矢が空から降りそそぐ。

すさまじい数で、地面に三本、四本と突き刺さるのが見える。

鉄砲が終わったと思ったら、これだ。

「まったく忌々しい」

滝川一益は後方に下がって矢を避けた。

「放てえ！」

足軽大将が腕を振り、織田勢も弓矢を放つ。弦《つる》が鳴って一〇〇本を超える矢が宙に舞う。

果たしてどの程度、削ることができたのか。できることならば、騎馬をなんとかしたい。

一益の行く手には武田の騎馬勢が並んでいる。相当の数で、いつ仕掛けてきてもおかしくない。

「あれを叩かないとな」

武田の強さを支えているのは騎馬武者だ。勝負どころでの突撃は強力で、慣れぬ織田勢では支えることができない。

武田勢はそのことがよくわかっていて、少々の無理をしてでも馬で乗り込んでくる。味方がひるむ前に、少しでも数を減らしておきたい。

一益は、矢の行き交う光景をじっとにらんでいる。武田の先手衆は味方の弓矢に助けられながら、じりじりと間合いを詰めていた。

味方との距離は半町を切っている。

胸がひどく痛み、呼吸が乱れる。

一益ですら、武田の騎馬武者に対する恐怖を消しきれない。

相手は、穴山のような雑魚とは違う。馬場信春が率いる本物の武田武者であり、正面から相手にするにはあまりにも厳しい。

どこまで戦えるか。

策は講じているが、どこまできくのか。

一益の背筋を冷たい汗が流れる。

変化が訪れたのは、その直後だ。矢が減り、彼方で法螺貝の音色が轟く。

視線を転じると、右翼から武田の騎馬武者が飛び出してきた。

武田勢は鶴翼《かくよく》の陣を組んでおり、騎馬の一団はさながら翼を大きく広げるかのように突き進んでくる。

一益は声を張りあげた。

「出るぞ。武田のこわっぱに目にものを見せてやれ」

一益は馬の腹を蹴ると、先頭に立って大地を駆け抜けていく。

つづく織田勢は、精兵の騎馬鉄砲だ。一〇〇騎で、武田勢と五分に戦うことが期待されている。

ここまでは信長の読みどおりだ。

うまく策にはめれば、必ず勝てる。

右翼の武田勢は、一益が迎え撃つために出てもひるむことなく突撃してくる。数はわずかに多いぐらいで、隊列をきれいに組んでいる。


馬蹄の轟きが聞こえるまで距離が詰まったところで、一益は手を振った。

「鉄砲、構え！」

二〇騎が横に並んで、鉄砲を構える。

突っ込んでくる武田勢を防ぐのであれば、ちょうどよい。

一益は握る手に力をこめる。

その瞬間、武田勢が動きを変えた。

隊列が左右に散り、馬が横並びになって、ぴたりと止まる。その場で騎馬武者は武具を取りだして、彼らに向ける。

何がおこなわれているか気づいた時、一益の胆は息を呑んだ。

「しまった。あれは……」

飛び出してきたのは鉄砲を持った騎馬武者。

こちらと同じ騎馬鉄砲だ。

織田勢が鉄砲を構えると、馬を並べ、彼らに銃口を向けてくる。

うかつだった。

こちらが用意しているのだから、当然、武田勢も同じことを考えていると見るべきだった。

見事に隊列を組んでいるところを見ても、相当に鍛えていることがわかる。

一益は揺れる心を懸命に抑えつつ、手を振りおろした。

「放てえ」

銃声が轟く。

同時に、武田勢も鉄砲を放った。

玉が飛びかい、武田の武者が馬から落ちる。

同じく織田の武者も傷を負って落馬する。

倒した敵は一〇騎で、こちらも同じ数だけやられた。

うまくない。同数ということは、鉄砲の技量がほぼ同じであることを意味している。

馬術では武田勢が上回っている。

つまり、この仕掛け合いを制するのは……。

一益の見ている前で、武田勢は馬を入れ替えた。

見えない糸にでも結ばれているかのような鮮やかさで、新しい騎馬武者が前に出る。

銃口が彼らに向く。

間を置かず銃声が戦場に轟き、悲鳴があがる。

やはり馬術では武田武者が上回っている。

このままでは押しきられてしまう。どうするか。

一益は決断を下した。

「右だ。右に出よ」

正面からの打ち合いではやられる。

ここは武田勢を引きずりまわして、隙を作るしかない。

鉄砲には、織田勢に一日の長があるはずだ。

一益は自ら前に出て馬を走らせる。

味方はしっかりと後についてくる。

しかし、武田勢の動きは速く、半分の騎馬鉄砲が横に跳びだして、味方の頭を押さえようとしている。忌々しいほど手際がいい。

一益は次の算段を考えつつ、手綱を激しく振った。

三

一〇月二七日　安八郡五反郷

「叩けい。ここを突き破るのじゃ」

原昌胤の命令よりも早く、周囲の騎馬武者は飛び出していた。

塊となって織田勢にぶつかる。

喚声があがり、槍の打ち合いがはじまる。

武田勢は勢いで優っており、つづけざまに織田の武者を倒していく。

自ら馬を下り、敵にとどめを刺す者もいる。

織田勢は押されて大きく後退する。

「よし。これなら」

原昌胤の手勢は敵の左翼を攻めていた。

鉄砲と弓矢で敵の動きを封じたところで、騎馬武者が飛び込み、織田の長柄衆を圧迫したのである。

織田勢も奮戦したが、やはり騎馬の動きでは味方が一枚も二枚も上手だ。先鋒は敵の先手衆を突破して、二の陣に突撃しつつある。

味方は有利に立っており、このまま攻めたてれば、敵を打ち崩すことができる。

昌胤の血はたぎった。

信長の首を取れば、武田家での地位はまたたく間にあがる。恩賞も思いのままで、うまくやれば、京で自由気ままな暮らしができるだろう。

「行け。行け！」

「出羽介様、遊勢が来ます」

家臣の言葉に顔を向けると、右から織田勢が迫ってくるところだった。

数は二〇〇〇。なかなかの集団だ。

先頭に立つのは赤い具足の武者で、指物が大きく揺れる。

「儂が行く。ここは任せたぞ」

昌胤は馬を出し、織田の遊勢と相対した。

「織田の阿呆ども。我は、武田家中、原出羽介。この首、欲しくば取りに来い！」

「織田家中、織田源五郎長益。参る」

「織田源五郎だと」

昌胤が馬を止めると、若武者が長い槍を振りまわして迫ってくるところだった。

「その名、弾正忠の一党か」

「さよう。御館様は我が兄。これまでの恨み、ここで晴らす」

長益は槍を構えた。目は血走っており、肩は激しく上下に揺れている。

初陣か、それに近い。若すぎる。

昌胤は口元をゆがめた。

「恨みなどと、よく言う。悪いのは我らに逆らった、おぬしたちだ」

「何を言うか。我が一族を見捨てたのはおぬしらであろう。美濃・近江の大乱で何をしたか、忘れたとは言わさぬぞ」

乱を鎮めるにあたって、武田家は尾張勢を先鋒として使った。犠牲は大きく、織田家では信長の兄、信広をはじめ、一族衆の多くが討ち死にした。弟の信包《のぶかね》は大怪我を負い、いまだ身体が満足に動かぬと聞く。

戦にあたっては物見をさしてせず、無理に突っ込ませた。それがきいたと言える。

「兄上たちの無念、ここで思い知れ」

「その心意気やよし。だが、まだ若い」

昌胤は馬を左から寄せると、左腕で槍を振るった。切っ先がわずかに兜をかすめる。

長益も槍を振るが、左側から攻められていることもあり、うまくいかない。

馬をまわすも、昌胤がそれを読んで馬を動かしており、よい形で攻めることができない。

「どうした。それで儂に勝つつもりか」

昌胤は、焦る若武者に迫って馬をぶつける。

強烈な一撃は袖をつらぬく。

長益が顔をゆがめる。手応えはある。

昌胤はさらに槍を振るうも、今度はかわされてしまう。

「若様、ここはお任せを」

黒の甲冑を身につけた武者が迫ってくる。右手には槍でなく、矛を持っている。

「やらせん」

「よせ、おぬしは……」

長益の言葉は昌胤の突きによって遮られた。

「人のことを気にしている余裕があるのか。貴様の相手は儂ぞ」

昌胤が槍を思い切って振りおろすと、切っ先が兜をかすめ、前立が吹き飛ぶ。

長益は馬を下げ、一呼吸、置いてから間合いを詰めてきた。

槍の一撃が来る。

かわしきれず、穂先は昌胤の腕をかすめる。思いのほか速い。

「思い切りがよいな。一度、下がると攻めるのはむずかしいのであるが」

昌胤は笑った。

「されど、それだけで勝てると思うな。織田勢の腕前、まるで子供よ。見よ」

昌胤が顎《あご》をしゃくるのと、長益の家臣が槍でつらぬかれるのはほぼ同時だった。

「あっ！」

「今度は、おぬしの番よ」

昌胤は槍を構える。

長益はしばし昌胤を見ていたが、やがて馬首を返して後退しはじめた。

「ここで逃げるか、卑怯者。正々堂々、儂と戦え」

昌胤は吠えて長益の後を追う。逃がしはしない。

戦いは我らが有利。

このまま追いつめて首を取る。それだけだ。

四

一〇月二七日　安八郡五反郷

依田信蕃は手応えを感じていた。

味方は織田の二の陣を攻めたて、その中央を強く押している。

勢いは止まらず、一部を突き崩しつつある。

織田勢は後詰めの兵をまわして陣形を維持しようとしているが、味方の遊勢が前に出て、それを食い止めてくれている。

噂に聞いた騎馬鉄砲は味方が抑えているので、今のところ脅威にはならない。

このまま押しきれば、勝てる。

「まわれ、まわれ。右手方向に隙ができているぞ」

信蕃は声を張りあげ、味方を鼓舞する。

武田勢が前に出ると、織田の武者が一団となって襲いかかる。うまく弧を描いて右側から襲ってくる。

一方、味方は巧みに馬を動かして、迎え撃つ態勢を整える。

「なかなか、やるではないか」

織田勢はこちらが先回りしても、ひるむことなく馬を繰りだして、戦いを挑んでくる。

騎馬武者は右に左に馬を駆り、こちらの弱味とおぼしきところをねらう。

無論、すぐに武田勢は動いて、迎え撃つ態勢を整えるのであるが、それでも次の弱いところを探して攻めたてようとする。

士気はきわだって高い。

「いったい、何をよりどころにしておるのか」

騎馬の扱いでは劣っており、正面からの戦いになれば、必ず負ける。

それがわかっていて、なぜ挑むのか。

弾正忠に対する忠義か。

それとも、まだ勝てると信じているのか。

いずれにせよ、それが思い込みに過ぎないことはすぐにわかる。

喚声があがり、信蕃は正面を見る。

武田勢の先鋒が敵の方陣を突き崩していた。織田勢は踏みとどまることができず、崩れるようにして後退に入った。

信蕃は手を振りあげ、味方をあおる。

「ここが勝負どころぞ。攻めよ。このまま織田の本陣に迫って、弾正忠の首をあげよ」

信蕃は馬を前に出した。

ここで、じっとしていることなどできない。できることならば、自分で信長の首を討って、戦いに決着をつけたい。

信蕃は味方の武者にまじって前進する。

織田勢は中央を突破され、左右に分かれて後退していた。正面には、二の陣の残党がいるだけで、信長の本陣まで遮るものはない。

距離はおよそ三町といったところだ。

今のところ、織田の本陣が動く気配はない。なんとか逃げる前に取り押さえたい。

「急げ、急げ」

喚声があがり、武田武者は鉄砲の玉のように織田勢を切り裂いていく。

二〇〇〇の軍勢を抑える手段はない。

信蕃が笑みを浮かべたその時だった。

先頭の騎馬武者が突然、姿を消した。

つづいて、その後ろを進んでいた武者も見えなくなる。

それが合図であったかのように、最前列の武者が見えない手で薙ぎはらわれたかのように、次々と消えていく。

何がと思った時、信蕃は正面に大きな溝があるのを見てとった。

思わず手綱を引いて馬を止める。

「こ、これは……」

彼らの進路には、深い溝が幾重にも張り巡らされていた。見えているだけでも横に一町、縦方向にも伸びている。

幅も広く、馬で飛び越すのですらむずかしい。

先鋒の武田武者は、その溝にはまっていた。

逆さになった馬の足が見てとれる。

武者は溝から出ようとしているが、深いこともあってうまくいっていない。

「これは、馬止めの空濠か。いったい、いつ、こんなものを」

織田勢が堀を作っているという知らせは受けていなかった。これだけのものを作っていれば、当然のことながら気がつく。

第一、先鋒の武田勢が消えるまで、空濠はまるで視界に入ってこなかった。

いったい、どうなっているのか。

「まわり込め。横を抜けて、織田の本陣に向かうぞ」

「常陸様、織田勢が」

信蕃が周囲を見回すと、後退したはずの織田勢が武田勢の左右に迫っていた。

しかも騎馬ではなく鉄砲だ。

すでに隊列を組んで、彼らをねらっている。

「しまった。罠か」

織田勢は、最初から武田勢をここに誘い込むつもりで後退した。突破したと思わせたのは、突撃を誘発するための策だった。

前には行けないが、横にも逃げられない。

「いかん。下がれ、下がれ」

信蕃が声を張りあげる。

よく透る声だったが、それが味方の耳に届くことはなかった。いっせいに響いた銃声が、すべてを遮ったためである。

五

一〇月二七日　安八郡五反郷

「空濠だと。そんな馬鹿な」

馬場信春は知らせを聞いて、床机から立ちあがった。しばし口を閉ざす。

冷たい風が首筋をかすめる。

合戦がはじまって、およそ一刻。陽が雲に隠されたこともあり、空気はひどく冷えていた。

「どういうことだ。あれほど調べたのに」

物見は念入りにおこなった。

信長が罠を張っていることも考え、木曾川の堤まで兵を繰りだして、何か仕掛けがないか調べた。

一番怖かったのは堤を切られることであったが、幸い川沿いに織田勢の姿はなかった。

策は講じていないと判断したうえで攻めかかったのに。なぜ、こんなことになるのか。

「信じられません。あのような仕掛けを用意していたとは」

応じたのは原昌胤だ。前線から事情を報告するため、本陣に戻ってきていた。

顔は青ざめ、声は震えている。

「空濠は思いのほか深く、一度、はまったら抜け出すことができませぬ。あれほどのもの、一日や二日で作ることは無理でございましょう。いったい、どうやって……」

「見当もつかぬ。あやつらが美濃に出て来たことなど、この一年では……」

そこで信春の頭に閃きが走った。一瞬ですべてがつながる。

「そうか。わかった。堤だ」

「は?」

「わからぬか。木曾三川の普請だ。あの時、織田の者は尾張だけでなく、美濃にも入って堤の手直しをした。一方だけでは駄目だからと申してな」

あっと昌胤も声をあげた。

「長良川にも揖斐川にも手を入れている。大垣の近くでも手直しをしたはずよ。その時におそらく、この空濠を作ったに違いない」

普請の合間に空濠を用意し、その存在をここまで秘匿したに違いない。

「まさか、ここまでやるとは」

先のことなどまるでわからぬのに、武田家に隠れて作業をつづけ、しかも発見されないように工夫した。

織田家の武将はもちろん、人足や農民にも口止めをして、きっちり隠し通した。

武田家と戦うにしても、ここでやりあうとはわからなかったであろうに、あえて人と金と手間を突っ込んで罠を用意した。

一里ほど陣地を下げたのも、武田勢を引っ張り込むための罠だった。

見事としか言いようがない。

信長は手を尽くして、勝ちに来ている。

もはや数の有利も何もない。下手をすれば、押しきられる。

「織田勢は攻めに転じておるのか」

信春の声に、昌胤は顔をしかめて応じた。

「はっ。両翼から中央の味方をつつみ込んで、鉄砲、弓矢で攻めたてております。逃げ場がなく、討ち取られる者が多数。依田常陸の行方もわかっておりませぬ」

「騎馬鉄砲はどうなっているか」

「織田勢に食い止められております。うまく引きずられており、真ん中の味方とつなぎを取ることができぬ様子」

もともと騎馬鉄砲は、織田勢の両翼を引っ張り出すために動いた。

手薄になった中央を突破することが当初からのねらいで、いきなり先手衆と手を取り合って攻めるのは無理がある。

「織田勢は後詰めも前に出て、我らの二の陣とぶつかっております。正直、どこも手一杯です」

中央の道を切り開くため、武田勢は総掛かりで攻勢に転じている。それぞれの役目を果たすので精一杯なはずで、たやすく支援はできなかろう。

「あいわかった。では、儂が出よう」

「えっ。それは……」

「ほかの味方が手一杯であるなら仕方がない。我が手勢三〇〇〇を遊ばせておくわけにはいかぬ。盛り返してきたとはいえ、織田の手勢、さして余裕があるとは思えぬ。ここは押しきる」

信春は立ちあがった。

もはや余人に任せてはおけぬ。信長の首は自分の手で討ち取る。

それが、この混乱を引き起こした者が取るべき道だろう。

「常陸、おぬしは、ここに残って後詰めを束ねよ。織田の左翼が気になる。横から攻められるようなことがあってはならぬ。何かあったら、すぐに手当てせよ」

「ぎょ、御意」

「儂は依田常陸を助けて、敵の中を押す。本陣を落とせば、それで終わる」

「されど空濠は」

「板をかけて渡る。それでよい」

信春は言い切ると本陣を出た。

闘志がみなぎり、身体からあふれ出しそうだ。

待っていろ、信長。すぐに行くぞ。

六

一〇月二七日　安八郡五反郷

丹羽長秀は、武田勢の攻勢が強まっていることを感じとっていた。

空濠に板をかけて、無理矢理に渡ってくる。

落ちる武者がいても気にしない。作りあげた道をしゃにむに突破してくる。

「鉄砲、任せたぞ」

長秀は、前に出る鉄砲足軽と入れ替わるようにして後退した。そのまま本陣に駆け込む。

信長は床机に腰をかけたまま、彼を出迎えた。

「武田勢、再び攻めに転じた由にございます。無理に空濠を渡り、本陣に迫って参ります。いつ弓矢が放たれてもおかしくありませぬ」

信長は何も言わない。ただ、目で先を話すようにうながす。

「ここは本陣を下げてくだされ。武田勢のねらいは、あくまで御館様の首。今は武田勢の刃にかかることだけは避けるべきかと」

信長は、なおも無言だ。

視線の鋭さはいつもと同じだ。表情にも焦りは見られない。

この三年で信長は変わった。

以前なら、合戦でうまくいかないことがあれば、本陣の前で歩きまわり、当たり散らして近習を手こずらせた。自ら前に出て槍をつけたがることもあり、正直、なだめるのが大変だった。

今は違う。

家臣に任せたまま本陣から動くことはない。

穴山勢と戦った時も、敵が押してきても動くことなく、滝川勢が助けにくるのを待った。

武田勢が押し返してきた今でも、信長のふるまいに変化はない。自分を表に出すことなく、静かに時を待っている。

長秀は、ここまで堂々とふるまう武将をほとんど見たことがない。

強いてあげれば、そう……。

武田家の当主であろうか。

どこか似ているように思えてならない。

「御館様」

「本陣は下げぬ」

信長の返答は短く鋭い。

「後詰めの又左を出せ。武田勢にぶつけて、その動きを遅らせよ」

信長は口答えを好まない。しかしここは、あえて反論するべきであろう。

「されど、又左の手勢はわずか二〇〇〇。とうて武田の勢いを抑えられるとは思えませぬ。信春の手勢も動いております故、ここにとどまるのは危ういかと」

「かまわぬ。この一刻、武田勢は動きまわっておる。あと少しかきまわせばよい。そこで、必ず足は止まる」

「あれがあるからでございますか」

「どれほど役に立つかは知っていよう」

確かに、何度も試して効果があることは実証されている。

信長の言うとおり、武田勢の足は必ず止まる。しかし、その前に突破されてしまっては手の打ちようがない。

信長はあえてその身をさらして、武田勢の目標となっている。それが果たして吉と出るかわからない。

「あいわかりました。では、そのように」

「忠三郎を連れて行け。役にたとう」

信長の声に、背後の武将が立ちあがった。

蒲生忠三郎賦秀《やすひで》。

蒲生賢秀の息子であり、先だっての戦いでは穴山勢を打ち砕き、塩津治部を討ち取った。市川武兵衛とも戦い、あと一歩というところまで追い込んでいる。

初陣とは思えぬ働きぶりで、織田家での評価も高まっている。

だが、ここで賦秀を連れていくのはうまくない。できることなら彼には……。

「では」

長秀は頭を下げて本陣を出た。賦秀に声をかけたのは、馬に乗ってからだ。

「忠三郎、おぬしは本陣から離れるな。何かあったら、すぐに駆けつけ、御館様をお守りせよ。よいな」

賦秀は沈黙した。口を開いたのは、彼方で喚声が響いた時だ。

「下知に逆らうことになりますが」

「儂の首一つで、殿の御命が救えるのであれば、安いもの。やってくれるな」

賦秀は一瞬、長秀を見てから頭を下げた。

「あいわかりました。手前は本陣近くに控えております」

「そうしてくれ」

「ただし、丹羽様に危難が迫りし時は、何をおいても参上いたします。よしなに」

長秀は思わず賦秀を見た。なんとも生意気な言いぐさであるが、不思議と腹は立たない。

「あいわかった。その心意気やよし。いつでも好きな時に参れ」

長秀は手綱を振る。

その口元に笑みが浮かんだのは、きわめて自然なことだった。

七

一〇月二七日　安八郡五反郷

「どけ!」

佐々成政は強烈な斬撃を兜に叩きつけた。

鈍い音がして、武田武者の首がねじ曲がる。

しばし武者の身体は馬上に残っていたが、成政が矛の石突で身体を押すと、見えない手に引っ張れるようにして地面に落ちた。

乗り手を失った馬は戦場から抜け出していく。

成政は小さく息を吐いて、周囲を見回した。

敵味方の指物が激しく揺れ、騎馬武者が正面から渡りあう。

槍を振るう者、馬から下りて刀を振る者、思いきり下がって弓を引く者。

思い思いのやり方で戦いつづける。

武田勢の攻勢はいまだ衰えず、織田勢は踏みとどまるだけで精一杯だ。

成政の戦場は織田の右翼だった。

一益が飛び出した後、武田武者の攻勢を一身に受け止めている。三度にわたる攻撃を跳ね返し、いまだ突破を許さない。

戦いがはじまってから、すでに二刻が経つ。織田の将兵にも疲れが目立つが、いまだ士気は高い。

必ず武田武者の足が止まる時が来る。今はそれを待つだけだ。

「もう少しだ。がんばってくれよ」

馬に声をかけ、成政は前に出る。

その横を青毛の馬が追い越していく。

派手な南蛮具足の武者が乗っており、右手には長い槍を持っている。

「どうした。どうした、内蔵助《くらのすけ》。へばったか」

太い声で煽ってきたのは前田利家だ。

「動けぬのであれば、そこに控えておれ。手柄は儂がいただく」

「なにを。貴様、後詰めに控えていて、よく言う」

「もう一刻も戦ってきたわ。まだまだ身体は動くぞ。おぬしと違ってな」

利家は馬を駆り立て、武田武者と激突する。

武田武者は下がって利家の槍を受けとめると、馬を出してまわり込み、左手方向から攻めたてた。

利家もそれを見越して右にまわり込み、槍を振るう。

しばし、両者は干戈を交える。

力量は互角で、どちらも致命傷を与えることはできない。

あまりにも激しく槍を繰りだすので、成政も割って入ることはできない。

「いい加減に、その首を寄越せ」

利家はすさまじい一撃を放ったが、武田武者はきわどいところで見切って穂先をかわした。

逆に右にまわり込んで、横から槍を突き出す。

利家は下がるが、わずかに反応が遅れて、袖を穂先がかすめる。

「うおっ」

馬上で身体が揺れて、利家の右手方向に大きな隙ができる。

「いかん」

成政は慌てて駆けよろうとするが、それよりも早く武田武者が位置を変えていた。

わずかに間合いを詰めれば、槍の一撃が利家の腹を突く。それはほんの一瞬後の出来事であるはずだったが……。

そうはならなかった。

武田武者が手綱を振っても、馬が動かなかった。

息を荒くしたまま、その場にとどまりつづけ、間合いを詰めることができなかったのである。

これまでとは違う。

「もしや……」

成政が変化を感じた時、利家は体勢を立て直し、武田武者に馬を寄せていた。

強烈な一撃が右腕をつらぬく。

武者は馬から転げ落ちて、したたかに背中を打った。懸命に立ちあがるも、寄ってきた足軽に槍で突かれて、あえなく討ち取られる。

馬はその場から逃げ出した。ただ、その動きは思いのほか遅い。

成政は周囲を見回した。

戦場の雰囲気は急激に変わっていた。

武田勢は思うように前進できず、織田勢に押される展開となっている。

原因は騎馬勢にある。

馬が言うことを聞かない。

武田の騎馬勢は動きが悪くなっていた。ここにきて、急激に。

手綱を振っても向きを変えず、かえって逆を向いてしまう。歩くのをやめて、その場で立ち止まった馬もいる。

懸命に武田武者は馬を鼓舞するが、応じる気配はない。

これまでの勢いは完全に消えていた。

「ようやく来たな」

利家が馬を寄せてきた。口元には獰猛な笑みがある。

「いつのことかと思っていたが、ここだったか。これで流れは変わるな」

「ああ。待っていたわ」

武田の馬は明らかに疲れていた。息は荒く、汗もひどい。前に進むどころか、その場に立っていることもできず、膝をつく馬もいる。

武者が手綱を振っても、腹を蹴っても、言うことを聞かない。いや、聞けないというべきか。

「二刻にわたって、さんざんに引きずりまわしたのよ。いかに東国の騎馬が優れていようと、疲れは出よう」

成政は笑った。

「では、行くとするか。今度はこちらの番よ」

成政が手綱を振ると、馬は速歩で前に出る。疲れはあるが動きは鋭く、彼の言うことをしっかり受けとめてくれる。

武田の騎馬とは明らかに違う。

両者の差を生み出したもの。その原因は蹄《ひづめ》にある。

織田の馬は蹄の裏に鉄を打ちつけ、荒れ地で長く走っても爪や足に異常が出ないように工夫がされていた。

どんなに鍛えた馬でも蹄に異常が出れば、走ることすらままならない。

また、長い時間、戦うと疲れが出て、馬が主の言うことを聞かなくなる。

それを防ぐため、蹄に鉄を打つのである。

南蛮や明では広く使われており、宣教使や東国から来た使者は蹄鉄に詳しかった。

信長は異国の者から話を聞き、書物を調べ、尾張の馬に適した蹄鉄を作りだして、準備を整えていた。

数がそろったのは穴山勢が動く寸前であり、最後は家臣が総出で鉄を打ち、合戦に臨んだ。

効果があることは事前に確認しており、蹄鉄を打った馬は、打たない馬よりも長い時間、動きまわることができた。

武者の重みにも耐え、きっちり仕事をしてくれるのはわかっていたわけで、後はその差が出るのを待てばよかった。

武田勢は空濠を渡る時に無理をしており、馬は余計な負担をこうむっていた。

いずれ動けなくなる時が来るはずであり、織田勢はその時をじっと待っていた。

「さあ、武田の猪武者ども。目にものを見せてやるわ」

成政は矛をかざした。

武田勢は懸命に馬を叱咤するが、もはや思ったように動かすことはできない。

膝をつく馬も続出していた。

それを見て、織田勢が横から攻めたてる。

陣形はたちまち乱れて、武田勢は後退するので精一杯となった。

「さすがは御館様。見事な差配よ」

敵は明らかに動揺している。どうしていいのかわからず、右往左往している。

武田勢は最も得意な騎馬戦で後れを取った。

鉄砲や槍で敗れた時と比べて、心に与える影響は大きい。

それがわかっていたからこそ、信長はあえて鉄砲や大筒を前面に出さず、武田騎馬武者と正面から戦う道を選んだ。

強みを打ち砕かれると、人は脆《もろ》くなる。

信長の策は、見事に武田勢の意地をへし折ったわけで、立て直すのは相当にむずかしいだろう。

成政は崩れる武田勢を追いかける。

「さあ、この佐々内蔵助と戦うのは、どやつだ。かかってまいれ」

「もらったわ！」

高い声に顔を向けると、利家が敵に槍を突きたてたところだった。

咽喉をつらぬかれ、騎馬武者は馬にのしかかるようにして倒れる。

足軽が駆けよって、たちまち馬から引きずり下ろす。首を討つまで、さして時はかからない。

「遅いのう。やっぱ疲れておるのか」

「なにを。これからよ」

「では、どちらが多くの武者を討ち取るか。ここで競ってみるか」

「望むところよ。儂が上に決まっておる」

「どうかな」

利家は笑うと武田武者に挑んでいく。

敵は馬が言うことを聞かず、戸惑っている。

間合いはたちまち詰まった。

八

一〇月二七日　安八郡五反郷

馬場信春は唇を噛みしめて、戦の場を見つめていた。

味方の武者が次々と討ち取られている。

織田の武者に槍でつらぬかれる者もいれば、馬から引きずり下ろされて足軽に首を取られる者もいる。

右前方では、武者が走らない馬から降りて槍で挑んだものの、足軽に取り囲まれて身動きが取れなくなっていた。

信春が馬の腹を蹴ろうとした時、いっせいに足軽が襲いかかり、武田の武者は文字どおり串刺しになって死んだ。

中央の武田勢は総崩れになっており、踏みとどまって戦う者は数えるほどしかいなかった。

信じられない話だが、合戦は武田勢が押し込まれる展開だった。

先ほどは空濠に動きをはばまれ、今はまた織田の工夫によって騎馬の動きを抑えられている。

日の本で並ぶ者なしと言われた武田の騎馬武者が、織田勢に追いまくられている。

この流れを変えるのはむずかしい。

信春は槍を握りしめた。

「馬場殿、ここは危のうございます。お下がりください ませ」

依田信蕃が馬を寄せてきた。具足も槍も血で赤く染まっている。面当が外れていることもあり、こわばった顔がはっきりと見てとれる。

「織田勢は勢いに乗じて攻めに転じております。踏みとどまるには手勢が足りませぬ。一度、下がって立て直すべきかと」

信春は答えず、ただ正面を見ていた。

「馬場殿」

「無理よ。ここまで押しきられてしまったら、どうにもならぬ。下がれば、織田勢の追い討ちを受けるだけ。さらに多くの手勢が討ち取られることになろう」

「されど……」

「勝ちを拾うためには、織田弾正の首を取るよりない」

信春は槍で正面を示した。

「織田勢、押し返しているといえども、その数はさして多くない。正面は、我らが数で押したこともあり手薄だ。あとひと押しで突き破ることができよう」

砂塵と喚声の先には、織田の本陣があるはずだった。

「打ち破ってしまえば、こちらのもの。織田は下がるよりない。城にこもれば、あとは取り囲んで攻め滅ぼせばよい」

「されど、味方は数を減らしております。せめて助けが来るまで待つべきでは」

「大垣の手勢は、美濃三人衆に抑えられて間に合わぬ。穴山殿は三河に引っ込んでしまった。高坂弾正の兵もこの美濃までは届くまい。待ってはいられぬ。今、ここで突き破るよりないのだ」

信長を抑えるのであれば、ここしかない。

もし信長が自由になれば、天下は大きく動く。巨大な嵐が生じ、武田家もいやおうなく巻きこまれる。

その先、どうなるか。

武田家が勝つのであれば、それでよい。

だが、本当にそうなるのか。

信春は直感で将来を見抜いていた。

信長だけは、生かしておいてはいけない。

武田家の存亡にかかわる何かを必ず引き起こすはずで、絶対に信玄のもとに行かせてはならない。

「常陸、おぬしは味方を助けて下がれ。兵のとりまとめはまかせる」

「馬場殿！」

「儂は弾正忠を仕留める。それまでは下がらぬ」

信春は馬を走らせつつ、声を張りあげた。

「武田武者よ、聞け！　我は馬場加賀守。これより織田の本陣を叩き、弾正忠を討つ。戦える者は我につづけ。意地を見せようぞ！」

信春が戦場を駆け抜けると、下がりつづけていた武田武者が一様に足を止めた。

振り向いて顔をあげると、信春の後につづく。その数は五〇、一〇〇と増えていく。

信春が雄叫びをあげると、それに後ろの武田武者が応じて声をあげる。

空気が震え、大地が激しく揺れる。

織田勢は武田勢の雄叫びを聞いてひるんだ。突如、馬首を返して下がっていく。

「臆病者め、我と戦う者はおらぬのか」

信春は呵々《かか》と笑う。

「織田家は腰抜けの集まりか」

「何を言うか。このご老体が」

若武者が栗毛の馬に乗って姿を見せた。

「我こそは、中尾主馬之介《なかおしゅめのすけ》。御館様のもとにはやらぬ」

「笑止。貴様のような小僧に、この馬場加賀が止められるものかよ」

「ふざけるな」

中尾が間合いを詰めてきたので、信春も馬を出して、正面から迎え撃つ。

気合いの声があがって、両者が槍を繰りだす。

勝負は一瞬でついた。

信春が馬を止めて振り向いた時、宙に舞っていた中尾の首が冬の大地に転げ落ちた。

その目は大きく見開かれたままで、何が起きたのかまるでわかっていないようだった。

「ふん。拾うほどの首でもないわ」

信春は血を払うと前へ出る。

「求めるは信長の首、それだけよ」

走る信春の後ろを騎馬武者がつづく。

再び武田勢は勢いを取り戻していた。

九

一〇月二七日　安八郡五反郷

丹羽長秀は、味方が武田勢に崩されるのをただ見ていることしかできなかった。

下知を出す余裕もない。

騎馬武者の動きはすさまじく、たちどころに二の陣は突破されてしまった。

「馬場加賀の手勢、正面より迫っております」

使番が馬から下りて膝をつく。

「先頭に立つのは加賀本人。中尾殿、仁木殿が、加賀の槍にかかって討ち死にしております」

「くそっ。思ったようにやらせてはくれぬか」

長秀は顔をゆがめる。

狭い視野の中でも、武田勢が押しているのがわかる。勢いで味方は劣り、武田勢が押しているのがわかる。

武田勢の動きが鈍ったところで、長秀は勝てると思った。信長の読みどおり馬は疲れており、満足に戦うことすらできなくなった。

しかし、それを馬場信春が一人で変えてしまった。黒い武者が槍を突きあげて吶喊《とっかん》しただけで、勢いを取り戻し、織田勢を攻めたてたのである。

これが武田勢のおそろしいところだ。

勢いづくと、もう止まらない。

「さりとて、退くわけにはいかぬ」

信長のところにやるわけにはいかない。

ここは意地をつらぬく。技量が劣ることは承知のうえだ。

「参るぞ。儂につづけ！」

長秀は勢いづいて前に出ると、味方の武者がそれにつづいた。

数は少ないが、士気は高い。

「馬場加賀、儂が相手ぞ」

カン高い声に信春は顔を向けた。

「おお、そこにいるのは丹羽五郎左衛門か。久しいな」

「これ以上はやらせん」

「老骨がよく言う。おぬしは槍ではなく、書状を扱っているのがお似合いであろう」

「老骨はお互い様であろう。おぬしごときに遅れは取らぬわ」

長秀は馬を寄せて槍を突きたてた。

信春は軽々とかわし、馬を下げる。しかし、それは勢いをつけるための準備でしかなく、強烈な一撃が長秀を襲う。

かわせたのは運がよかったからだ。

つづく一撃は兜をかすめる。

すさまじい衝撃で、面当が落ちる。

「やらせん」

横から織田の武者が槍を突きたてる。

信春はまるでわかっていたかのように馬を下げると、とてつもない速さで槍を振った。

武者の腕が飛んで血が流れる。

悲鳴をあげて下がったところで、次なる一撃が咽喉をつらぬいた。おびえる馬が武者を振り落としたところで、決着はついた。

「くそっ。手前が」

「いかん。よせ」

長秀が止めた時には、若い武者が信春に飛びかかっていた。

馬をぶつけて組みつこうとしたのであるが、信春は籠手で顔を殴りつけ、武者を払った。

ふらついたところに槍を叩きつける。

鈍い音がして若武者は馬から落ちた。

首の骨が一瞬で打ち砕かれていた。

「化け物め」

信春は六〇をはるかに超えている。

身体は間違いなく衰えているはずなのに、ここまでやるとは。

「どうした。ほかにかかってくる者はいないのか」

信春に大喝されて織田勢は下がった。

あの戦ぶりを見れば、ひるむのもわかる。だが、ここは負けてはならぬ。

一歩の後退はかぎりない後退につながる。

「何を言うか。そもそもおぬしの相手は儂よ。よそ見をするな」

長秀は改めて槍を構える。

「そうであったな。かかってこい」

「参る」

右にまわり込んで、長秀は槍をつける。

脇をねらったのであるが、それは軽々と払われてしまった。一度、下がって、今度は馬をねらう。

目をねらったのであるが、わかっていたかのように信春に食い止められてしまう。

逆に左腕をねらって、槍が迫る。

避けられず、長秀の腕に痛みが走る。

「くそっ」

やけっぱちで槍を振るうも、まるで届かない。

「心意気はよいが、そこまでよ」

信春は馬を寄せ、長秀の右腕をつらぬく。

槍が落ちて無防備になる。

「死ね」

ここまでか。

長秀は思わず目を閉じ、その時が来るのを待つ。

直後、鈍い音とともに聞き慣れた声が響いてきた。

「丹羽様、ご無事で」

顔をあげると、体軀の優れた若武者の姿があった。蒲生賦秀だ。

「合力に参りましたぞ」

「何を言うか。貴様は御館様のそばに……」

「丹羽様が危うい時には助けると、お約束しました。今がその時」

横に槍を振って、賦秀は長秀と信春の間に割って入った。

「おぬしの相手は、この蒲生忠三郎よ」

「蒲生左兵衛の子か。父より先にこの世を去るとは、親不孝なこと、このうえないな」

「先に旅立つのは、老いた者。馬場殿、お覚悟」

「大口をたたきおって」

信春の一撃を、賦秀は正面から受け止めた。力まかせに払いのけると馬を寄せて、その咽喉もとをねらう。

穂先が迫ったところで、信春が槍をからめて払いのけた。

賦秀はなおも追いかけようとしたが、信春はわずかに下がって間をあける。

「やるではないか。しばらくは楽しめそうだ」

「なにを。時はかけぬ」

賦秀は前に出て信春と干戈を交える。

その姿を長秀は、ただ見つめるだけであった。

十

一〇月二七日　信長本陣

喚声が響いても、織田信長は床机に座ったまま動かなかった。

正面の陣幕は開かれており、両者の戦いぶりは見てとれる。距離は近くなっている。

視界の片隅で森蘭丸が動いた。目線をこちらに向けている。信長はわずかに視線を動かしただけで、蘭丸を制した。

言いたいことはわかる。

本陣に敵が迫っており危険だ。

いつ武田勢が押し寄せてくるかわからない。

だからこそ、動いてはならない。

信長は瞳だけを動かして、馬印を見あげた。

金の傘もまた、彼が腰を据えた時から動いていない。旗奉行とその一党が周囲に貼りついている。

おそらく先頭の武田勢には、この馬印が見えていよう。

敵の大将がいるのだから、しゃにむに攻めてくるはずだ。

「それでよいのだ」

信長はあえて己を標的にした。

それは、すべてを試すため。

ここで討たれるようであれば、それまで。さっさと死んで、石になってしまうがよい。

新しい天下のためには強い運が必要。

それを、ここで試す。

信長は正面を見つめた。

半町ほど先で乾いた音がして、岩がえぐられる。

鉄砲の玉だ。どこから来たのかわからない。

さっと近習が飛び出して、信長の盾となる。

つづく銃声はなく、本陣は静寂につつまれる。

「さて、どうする」

天よ。我に従うか。それとも取り除くか。

倒すのであれば、今であるぞ。

この機を逃せば、我は貴様の首根っこをつかみ、さんざんに振りまわすことになる。

選べ。

従うのであれば、必ず報いよう。

さあ、来い。

信長が焦げるような思いを胸に抱いた時、織田この三年半はそのためにあった。書を読んで考え、書状をあちこちに出し、少ない金をかき集めて、ようやく準備を整えたのである。

あとは、最後の刈り取りをするだけだ。

信長が視線を動かすと、蘭丸が自ら駆けよってきて膝をついた。

「皆の者に伝えよ。仕掛けろとな」

「はっ」

蘭丸は一礼すると、本陣を出て馬に乗る。

戦場に向かうその姿を、信長は一文字に結んで見ていた。

十一

一〇月二七日　安八郡五反郷

浅井長政は馬を止めると、武田勢の動きを確認の指物をした武者が飛び込んできた。

すぐさま信長に駆けよると膝をつく。

「柴田修理様の手勢が武田勢の後ろにまわり込みました。すでに仕掛けており、武田勢は崩れはじめている模様」

「であるか」

勝家には揖斐川をさかのぼって、敵の背後にまわり込むように命じていた。

水軍は苦手と勝家は言っていたが、どうやらうまくやったらしい。武田勢に気づかれぬように川をのぼるとは、上出来である。

これで手はすべて打った。

蹄鉄からはじまって空濠、水軍、騎馬鉄砲と、できることはすべてやった。

武田勢は強く、正面から戦ったのではどうやっても負ける。勝つためには必死になって考え、最善の手を尽くす必要があった。

した。

武者の一団は北に向かっている。隊列は乱れており、槍を持っていない者も目立つ。振り向いて戦おうとする者は、数えるほどしかいない。間違いなく後退に入っている。

士気が下がっているのは、柴田勝家の攻勢がきいたせいか。

血が沸き立つ。勝つのならば、今しかない。

長政は声を張りあげた。

「我につづけ。横合いから攻めるぞ」

おうという声があがって、味方の武者がいっせいに走り出す。

長政は前に出ようとしたが、茶毛の馬がその行く手を遮った。

「殿、お待ちくだされ。ここはお味方に任せて、後ろに下がるがよいかと」

赤尾孫三郎清綱《あかおまごさぶろうきよつな》だ。

父の代から浅井家に仕える老将で、戦上手として知られる。京極家や六角家との戦いでは常に先陣を切り、戦傷を受けながらも生き延びてきた。浅井家の重鎮であり、長政も全幅の信頼を置いている。

「殿に万が一のことがあれば、浅井家は終わりです。ここは控えてくだされ」

「ええい。何を言うか。儂が自らの手で武田家を叩いてこそ道も開けるというもの。もはや引き返すことはできぬのだ」

浅井家は武田家に逆らい、織田家についた。それは、天下を敵にまわすことを意味する。

この先は厳しい道がつづく。

越前の朝倉家は武田につくであろうから、容赦なく浅井領を北から攻めたてるはずだ。

江北の武田勢がこれに呼応すれば、南北から挟み撃ちにされる展開だ。

時が経てば、京から武田信頼の手勢が襲いかかってくるだろう。

五万を超える大軍を相手に、浅井家がもちこたえることができるのか。

きわめて厳しい。

それでも長政は立った。

これ以上、武田家に振りまわされるのは御免だ。自らが戦って得た領地は自らの手で守る。それだけである。

湖西、江南の地は浅井家三代が懸命に戦って手に入れた、彼らだけの領土だ。絶対に渡すわけにはいかない。

「儂は、父上とは同じ道は取らぬ」

長政は清綱を見た。

「父上は、縁もあって織田家との交わりを断ち、朝倉家とともに戦った。武田が上洛すれば臣従し、その意に従った。だが、その父ももういない」

父である浅井久政は二年前に病で亡くなった。

武田には決して逆らうな。それが遺言だった。

「父上はよい方であったが、自らの手で先々を切り開こうとはしなかった。だから、武田に領土を削られても逆らうことはしなかった。それは一面において正しいのであろうが、儂は認めるわけにはいかぬ」

自分は、武田の家臣ではない。浅井家の頭領であり、武田家と同じ戦国の武士だ。

力の差があるのは承知している。それでも、頭ごなしに好き勝手をされては黙っていられない。

「我の心は常に織田とあった。弾正忠殿とともに進めば、浅井の行く先は変わる。今はそれに賭ける」

「その覚悟を見せるために、突っ込むと」

「そうよ。これが身のほど知らずの願いであれば、ここで我は命を落とすであろう。天は選ばぬ。

もし正しい行いであれば、必ず生き残り、新しい道に足を踏み入れることができる。そういうものよ」

「…………」

「後詰めは任せたぞ、孫三郎。儂は行く」

返事を待たず、長政は馬を出した。ゆるやかな斜面を下って味方に追いつく。

すでに浅井勢は武田勢とぶつかっていた。

銃声が響いて、馬が退いていく。

「三の陣。三の陣を使え」

長政の下知を受けて使番が飛び出し、前線の将兵に伝えていく。

すぐに騎馬武者が右に動き、大きな塊となって武田勢に迫っていく。

一方で鉄砲は横に並んで、敵の動きを抑える。

長政は前に出て、味方の動きを見つめる。

動きはいい。

またたく間に騎馬勢は、武田勢の横合いをつく。

「今だ。切り取れ！」

喚声があがって、騎馬勢は陣形を変えた。頭を絞り込んで、楔《くさび》のようになっていく。

鉄砲の銃声はなおもつづく。

それが止まったのは、楔の頂点が武田勢に突っ込んだ時だった。

強烈な一撃で、敵は切り裂かれていく。

反撃に転じようとするも、浅井勢の勢いが強烈で割って入ることができない。

武田勢は分断され、一方が味方の武者によってつつみ込まれる。もう一方は、わずかに間を詰めた鉄砲勢に牽制されて、自由に動くことができない。

これが、長政の言う三の陣だった。

鉄砲と騎馬の組み合わせで敵を分断し、局所的に優勢を作り出して殲滅《せんめつ》する。

長政は、信長のように鉄砲武者を騎馬に乗せるより、鉄砲と騎馬を明快に分けて使う戦法を採用した。

騎馬鉄砲は魅力的だが、実力は未知数で、鍛えあげるのにも時間がかかる。

無理して兵を整えるぐらいならば、手持ちの将兵を組み合わせて、さらに能力を引き出すべきと見たのである。

長政は、国元で作り出した新型鉄砲と、東国の武者から学んだ騎馬術を組み合わせて、新しい戦策をいくつも作り出した。

これで武田勢を打ち破ることができれば、大きな自信になる。

「押せ。敵を逃がすな」

銃声が轟く中、浅井の騎馬は突き進む。

武田勢は一方的に討ち取られるだけで、反撃の機会を見つけることすらできずにいた。

十二

一〇月二七日　安八郡五反郷

馬場信春は息を懸命に整えて、正面の敵を見やった。

黒い具足の武者は槍を構え、信春を見つめている。さすがに息は乱れており、馬上での姿勢も前のめりになっている。肩の上下も止まらない。

疲れているのは明らかで、このまま攻めつづければ隙も見えてこよう。

しかし、それは自分が相手と五分か、それ以上の場合だけだ。

あの若武者と戦いをはじめてから、すでに一刻。

もはや信春は満足に腕をあげることすらできない。

身体は鉄に変わったかのように重く、首を左右にめぐらせるのですら、力を込めねばならぬほどだった。腰には痛みがあり、馬上にとどまっているのですらつらい。

認めるのは腹立たしいが、疲労で身体が動かないのは信春だ。敵の武将には十分過ぎるほどの余裕がある。

もはや打つ手は一つ。後退しかない。

味方はほとんど下がっており、残っているのは信春を含めて一〇騎ほどだった。

だが、ここで逃げることは許されない。

まだ信春には、やるべきことがある。

「さあ来い、蒲生忠三郎。決着をつけようぞ」

「おう」

若武者、蒲生賦秀は槍を構えた。

織田勢が取り囲んでいたが、誰も手出しをしてこない。息を詰めて、二人の戦いを見守っている。

それでいい。それでこそ、やりがいがあるというものだ。

「参る」

信春が突進すると、賦秀も前に出てきた。すれ違いざまに強烈な一撃が来る。

渾身の力で信春は穂先を払う。

返す一撃で首筋をねらう。

しかし、穂先はそのはるか手前で食い止められてしまった。

頭で考えているように槍が動かない。

「この！」

さらに一撃を放つも、かわされてしまう。

賦秀は間合いを詰めて、信春の胸元をねらって槍を繰りだす。

身体をずらしたが、かわしきれず胴丸に穿《うが》って横腹に穂先が突き刺さる。

「もらった」

「ほざけ、小僧！」

信春は横から槍を叩いてへし折ると、上からの賦秀の頭をねらった。

胴金が兜を叩く寸前、賦秀は馬から飛んで、信春に組みついた。

そのまま二人は馬から落ちる。

強烈な痛みに信春はうめく。

若武者の顔は目の前にある。

もはや槍の技量は関係ない。勝敗を決するのは気合いだけだ。

信春は大刀に手を伸ばす。しかし、手が柄を握った瞬間、鋭い痛みが走った。

左の脇腹に大刀が深々と突き刺さっていた。賦秀の一撃だ。

信春は立ちあがろうとしたが、できなかった。半身を起こしたところで身体から力が抜け、その場に横たわってしまう。

もう動けない。

まさか、自分が太刀打ちで敗れるとは。

不覚もいいところだ。信じられない。

どうして、ここでやられたのか。

力の差か。

いや、違う。おそらく時代の差だ。

戦国の世は大きく変わろうとしている。古い者は去り、これからは新しい者が道を切り開いていく。

それが、ここで如実になった。

時の流れが選んだのが賦秀だった。そういうことだ。

「よくやった、蒲生忠三郎。おぬしの勝ちだ」

賦秀は何も言わず、信春を見おろしていた。

その瞳には、哀しみとも寂しさともつかぬ輝きがあった。

「早く首を討ち、名をあげよ。おぬしにやられるのであれば、本望だ」

武勇に長け、相手が何者であってもひるまぬ胆力もある。ここで信春を討ったとなれば、天下にその名が轟くことになろう。

それでいい。どうせ討たれるのであれば、自分が認める相手にやられたい。ずっと信春はそのように思ってきた。

賦秀ならば、その資格がある。

「ただ、一つだけ申しておく。最後に勝つのは我らだ。織田家は滅びる」

「御館様は天下を取ります。武田には負けませぬ」

「そうはならぬ。我が主がいるかぎり、いかに織田が強くとも、勝ち抜くことはできぬ。そういうものであるのだ」

信玄の強さは、信長とは異質だ。それは相まみえていない賦秀にはわからぬだろう。

「天下の主はただ一人、武田信玄様よ。そのことをよくおぼえておくがいい」

脳裏に信玄の顔が浮かぶ。

何十年も行動をともにし、さまざまな戦場に赴いた。

何度も叱られた。

嫌な目にあったこともある。

だが、不思議と頭に浮かぶのは、邪気のない笑顔だった。

若かりし頃、ともに戦った時の笑顔。

勝ち鬨《どき》をあげた時の笑み。

そして、二人だけで酒をかわした時の、本当に子供のような表情。

あの顔を見るためだけに、自分は信玄に仕えてきたような気がする。

自分の知行など、正直、どうでもよかった。

「さあ、討て。ああ、できれば、儂の大刀を使ってくれるとありがたいな」

「そのように」

賦秀は信春の大刀を手に取ると、彼にのしかかってきて首筋に刃をあてた。

「御免」

それが、信春が最期に聞いた言葉となった。


馬場信春の討ち死により、後に五反郷の戦いと呼ばれる戦は終焉を迎えた。

武田勢は織田・浅井の連合軍に敗れて、井之口に下がった。織田勢はためらうことなく追撃を行い、稲葉山城に迫った。

この時には、犬山方面の織田勢に加えて、東美濃の遠山勢が動いて、城を包囲する動きが目立つようになっていた。

事の次第を知った土屋昌続は、稲葉山城を捨てることを決めた。士気が下がった将兵で守っても、とうてい支えきることはできないとの判断からである。

一一月一日、武田勢は稲葉山城に火を放って後退し、織田勢は無傷で井之口に入ることになった。

西美濃の騒動からはじまる、いわゆる濃尾一〇月合戦は織田信長の勝利で終わった。

しかし、それで織田がかつての力を取り戻したわけではなかった。

むしろ、これは一つにはじまりにしか過ぎず、新たなる戦いの時は目の前に迫っていたのである。

十三

一一月四日　聖徳寺

丹羽長秀が迎えにいくと、彼の主は遠縁に立って庭を見ていた。

視線は相変わらず鋭い。

「ずい分と荒れてしまいましたな」

長秀が声をかけると、信長はそれに応じた。

「面倒を見てやることができなかった。武田家がさんざん悪さをしたとも聞いている。かわいそうなことをしたな」

庭には雑草が生え、奥の松も幹が中央から折れている。土壁も崩れていて、その先には荒れ放題の雑木林も見てとれた。

七宝山聖徳寺《しょうとくじ》は尾張の名刹《めいさつ》で、開祖は鎌倉の御代だと言う。何度か場所を変え、五〇年ほど前にこの富田村に移った。

濃尾の戦いが終わってからは落ち着いていたが、武田勢が尾張を制すると、信長との由縁もあって嫌がらせを受けた。

「蝮《まむし》と会ったのは、もう三〇年近く前か。懐かしい」

美濃から嫁を取るにあたって、信長はこの寺で斎藤道三と顔をあわせた。

鉄砲を用意し、傾《かぶ》いたふるまいをして、思いきりはったりをかけたが、それを道三は気にいってくれた。その後は何かと面倒を見てくれ、最期には美濃の譲り状まで残してくれた。

「いい親父だった」

「さようで」

長秀も何度か道三と顔をあわせている。

出家したにもかかわらず、顔は脂ぎっており、瞳の輝きも強烈だった。

貪欲で、隙があれば相手が誰であれ食いつき、その喉笛を噛みきりそうだった。

声をかけられて身震いしたのは、今でもおぼえている。

「ここで蝮と会わなければ、天下について思いをはせることなどなかった。新しき天下を目指すのであれば、ここからはじめるのが一番よい」

稲葉山城は焼けてしまい、井之口、今は再び岐阜と呼ばれるようになった地は落ちつかずにいる。

信長はあえて下がり、この聖徳寺に家臣を集めたのである。

「皆、待っております」

「行くか」

信長はうなずくと、先に立って広間に向かった。

「人質の件はどうなっておる」

「うまく逃がしたとのことです。ただ追っ手も厳しいので、この先はどうなるか」

信長の本妻と側室、さらにその子供は人質として甲斐、駿河に留め置かれていた。

乱が起きると、即座に逃がすように手配したが、いまだ尾張にたどり着いた者はいない。

「あとは運よ。まかせるしかない」

「はっ」

広間には家臣が集まっており、信長が入ると、いっせいに頭を下げた。

長秀は定められた席に腰をおろし、同じように頭を下げた。

「皆の者、面をあげよ」

いっせいに家臣が顔をあげる。

最前列には織田信包、織田長益をはじめとする一門衆。

その後ろには、柴田勝家、滝川一益、木下秀吉、佐久間信盛の宿老、そして前田利家、佐々成政、堀秀政、蒲生賦秀といった将がつづく。

長秀もまた重臣の列に加わって、信長を見ていた。

「まずは儂に従い、ともに戦ってくれたことに礼を言う。武田についた者も多かったのに、おぬしらはそうしなかった。おかげで、武田勢を尾張と美濃から追い払うことができた。ありがたく思っている」

　信長は珍しく礼を言った。家臣が居並ぶなかで明言したのは、はじめてのことではないだろうか。

「馬場加賀は討死、穴山尾張は三河に逃れ、土屋昌続も美濃三人衆に追われるようにして近江に下がった。尾張と美濃の大半は、我らが取り戻したと言える。遠山をはじめ、ともに戦うことを申し出る国衆も多い」

　ひとまず武田勢に勝利し、濃尾の支配権を握った。それは疑いようのない事実だ。

「されど、これが終わりではない。武田勢は飛騨、三河、伊勢、近江に残り、我らをとりまいている。東美濃には秋山侍従がおり、いつ兵を出してきてもおかしくない。

　ほかにも朝倉、三好といった、かつて我らが戦った連中もこれを機に再び攻めてくるであろう。足利将軍ですら敵にまわっている。厳しい戦いになろう」

　ここまで自分の意志を明快にしたことも、かつてなかった。やはり信長は変わりつつある。これまでとは違う何かに。

「されど、我らは戦い抜ける。堺の商人は変わらず味方である。近江や伊勢の国衆は、望んで武田に従っているわけではなく、何かあればすぐに旗を翻すであろう」

「…………」

「上杉、毛利、北条はいまだ武田に手向かっている。我らが動いたことを知れば、必ず兵を出すはずで、それは我らにとって大いなる助けになるだろう」

　もう動いているかもしれない。上杉、毛利へは穴山勢を追い払ったところで、すでに使いを送っており、事の次第は知っているはずだ。

　上杉や毛利が動けば、武田もたやすく兵を動かすことはできまい。

「まだ先はある。我らは先に進むことができる」

信長は立ちあがって、家臣を見おろした。

言われたわけでもないのに、全員が頭を深く下げる。それほどの覇気を信長はまき散らしていた。

「儂は新しい天下を取る。そのためにおぬしら、ついてきてくれるか」

「仰せのままに」

家臣の声が和す。

信長の意志は明快になった。後は進むだけだ。

長秀はわずかに顔をあげて、上座を見る。

彼の主は立ったまま、視線を上に向けている。

その先には、見たこともない遙かなる世界が広がっている。長秀には、そう思えてならなかった。


（次巻につづく）

RYU NOVELS

天正大戦乱 異信長戦記

新たなる天下布武

2019年2月22日　初版発行

著　者　中岡潤一郎《なかおかじゅんいちろう》
発行人　佐藤有美
編集人　酒井千幸
発行所　株式会社　経済界
〒107-0052
東京都港区赤坂 1-9-13 三会堂ビル
出版局　出版編集部☎03(6441)3743
出版営業部☎03(6441)3744
振替　00130-8-160266

ISBN978-4-7667-3268-9

印刷・製本／日経印刷株式会社

Printed in Japan

RYU NOVELS

ガ島要塞1942	吉田親司
極東有事 日本占領[1][2]	中村ケイジ
天空の覇戦	和泉祐司
戦艦大和航空隊[1]〜[3]	林 譲治
パシフィック・レクイエム[1]〜[3]	遙 士伸
大東亜大戦記[1]〜[5]	羅門祐人 中岡潤一郎
異史・新生日本軍[1]〜[3]	羅門祐人
修羅の八八艦隊	吉田親司
日本有事「鉄の蜂作戦2020」	中村ケイジ
孤高の日章旗[1]〜[3]	遙 士伸
異邦戦艦、鋼鉄の凱歌[1]〜[3]	林 譲治
東京湾大血戦	吉田親司
日本有事「鎮西2019」作戦発動！	中村ケイジ
南沙諸島紛争勃発！	高貫布士
新生八八機動部隊[1]〜[3]	林 譲治
大和型零号艦の進撃[1][2]	吉田親司
鈍色の艨艟[1]〜[3]	遙 士伸
菊水の艦隊[1]〜[4]	羅門祐人
大日本帝国最終決戦[1]〜[6]	高貫布士
日布艦隊健在なり[1]〜[4]	羅門祐人 中岡潤一郎